SENPAI TO BOKU

目次

主な登場人物

真木和実（まきかずみ）

義人の大学時代の先輩。藤菱商事では経理部に所属している。優しく、頼り甲斐のある性格。

宗正義人（むねまさよしと）

23歳の新入社員。海外でのインフラ整備を夢見て藤菱商事に入社した。正義感溢れる素直な性格。

大門（だいもん）
総務部第三課の課長。ぼんやりした雰囲気の中年だが、実は……。

桐生（きりゅう）
第三課メンバー。茶髪でチャラい雰囲気だが、面倒見はよい。

三条（さんじょう）
第三課所属の派遣社員。30代半ばの女性。ゲームが大好き。

イラスト／ジワタネホ

1

『令和×年四月一日付をもって藤菱商事株式会社の社員に採用し、総務部総務第三課勤務を命ずる』

人事部長から渡された辞令を見た瞬間、がっかりしなかったといえば嘘になる。

大学二年の夏、先輩に誘われて参加した青年海外協力隊でモンゴルに行き、インフラの整っていない国での貧しい人々の生活を目の当たりにしたときから、就職先は総合商社と決めていた。

念願叶って無事、大手といわれる商社に入社できることを喜んだのも束の間、年明けに『例の事件』が起こり、教授からも家族からも、そして友人からも、就職先を変えたほうがいいのではと心配されたが、たった三ヶ月では就職活動もままならなかったのと、やはり商社に勤めたいという思いから、初志貫徹と、ここ藤菱商事への入社を決めた。

内定辞退者も結構いたそうで、同期入社は例年の約半分の人数となった。それだけに配属先は希望が通るという噂が、新入社員の間で広まっていたのだ。

それなのに。

僕が希望したのは当然、海外でのインフラ事業に関連する部署だった。そのために苦手な英語も頑張り、TOEICもこの会社で海外駐在に出られるレベルの点数まで入社前になんとか到達できた。三年目あたりでアフリカかアジアに駐在、発電所建設や上下水道整備の仕事に携わる——という夢を描いていた。

それなのに。

ホールに集められた新入社員は、一人ずつ名前を呼ばれ、人事部長から辞令を手渡される。その後はホールを出て、迎えに来てくれている配属先の管理職と共に部署に向かうことになっていた。

一人、また一人といなくなり、僕は最後の一人だった。他の同期は皆噂どおり、希望する部署に配属されていたように思う。

総務部が何をする部署かは今日までの社内研修で説明があった。会社のコーポレート部門、いわゆる管理部署で、株主総会や取締役会を取り仕切るのではなかったか。あとは社則を管理したり、そうだ、秘書課も総務部の中にあった。しかしまさか自分がコーポレートに配属されるとは思わなかった。コーポレートは成績優秀で、見た目も中身もかっちりしたタイプが好まれるというイメージがあったからだ。

自分の見た目は、そこまで真面目そうだろうか。中身は、不真面目ではないけれども、成績は『優秀』というにはBやCが多い気がする。何より、希望部署に配属されるのではなかったのか。とはいえ、新入社員が配属先に文句など言えるはずもない。

コーポレートは社内の中枢部署。なぜ自分が配属されたかは謎だが、この先の会社生活を送るのにプラスになるに違いない。そう自分を鼓舞し、辞令をもらったあとホールを出る。

「ええと、君が宗正義人(むねまさよしと)君だね」

ホールの外には、ぽつんと一人、中年の男が立っていた。笑顔で声をかけてくれたその人はなんというか——僕のイメージする『商社パーソン』ではなかった。

研修中には人事部を始めとする様々な部署の人が講師としてやってきたが、皆が皆、服装や髪型といったルックスも含め、僕が思い描いていた商社パーソン、そのものだった。なんといっても覇気がある。世界を背負って立つという表現がぴったりだったというのに、今、目の前にいるのはどう見ても『くたびれた中年』だ。

上司になる人に対して失礼だとは重々承知している。人を見た目で判断すべきではないということも勿論(もちろん)、わかっていた。でも——でも、がっかりせずにはいられない。

とはいえ、そのがっかり感を顔や態度に出すほど、僕は子供ではなかった。

「よろしくお願いします！」

第一印象は大切だ。自分で言うのも悲しいが、僕には『これ』という売りがない。同期は皆、英語日本語以外にもう一ヵ国語、喋(しゃべ)れるのがスタンダードといってよかった。語学力の不足分を『やる気』でカバーできるかはさておき、アピールしない手はない。

そう思っての元気な挨拶(あいさつ)だったのだが、リアクションは薄かった。

「そんなに大きな声を出さなくても聞こえるよ。それじゃ、行こうか」

「あ……はい」

嫌みという感じではなかった。のれんに腕押しという言葉が頭に浮かぶ。元気が空回りしているのをひしひしと感じつつ、彼のあとに続きエレベーターホールへと向かった。

しかし上司はエレベーターが八基並ぶ広々としたエレベーターホールを通り抜け、非常口と書かれた扉へと向かっていく。新人が集められたホールは二階にあった。エレベーターには乗らずに階段で行くということか。総務部のフロアは三階くらいにあるのだろうか。コーポレートは高層階だったような。疑問に思いながらも上司に続いていた僕は、今さらのように彼が名乗っていないことに気づいた。

上司だよな？　非常口の扉の向こうには荷物用のエレベーターがあり、その奥に階段に通じると思われる扉があった。僕が彼を本当に上司かと疑ったのは、階段へは向かわず荷物用のエレベーターのボタンを――しかも下へと向かうボタンを押したからだ。

「あの……？」

一階はエントランスだ。行き先は外なのか？　総務部はここ、本社ビルとは違うところにあるんだろうか。しかし一階なら階段で降りてもいいような。

「ああ、総務は二十三階なのに、なんで下のボタンを押すのかって？　それは総務三課が地下三階にあるからだよ。普通のエレベーターは地下二階までしかいかないから、こうして荷物用を使うんだ」

「…………え？」

不審そうにしていた僕に上司が説明してくれたが、聞いてもすぐには理解できなかった。地下三階？　普通のエレベーターではいけない場所に執務フロアがある？

頭の中がクエスチョンマークで一杯になっているところにエレベーターの扉が開く。無人の箱にまず上司が乗り込み、僕が続く。

「荷物用は一つしかないから、清掃時間と重なるとなかなか来なかったりするんだよね。君は若くて元気だから、朝は階段を使うといいよ。僕はもうトシだからエレベーターを使っているけど」

上司はにこにこ笑いながらそんな言葉をかけてくる。冗談でもなんでもなく、自分の執務フロアは普通のエレベーターが通わない地下三階なのかと思い知り、なんともいえない気持ちになった。

荷物用のエレベーターのスピードは緩やかだった。地下三階にようやく到着し、扉が開く。

「ここは文書保存箱の倉庫、その隣が事務用品の倉庫、その隣が貸し出し備品置き場、三課が管理しているんだ。で、その隣が三課だよ」

エレベーターから降り、廊下を進みながら上司が説明してくれる。文書保存箱の倉庫が広大なこともあって、『三課だよ』と言われた部屋はエレベーターから一番奥まったところにあった。

「社員証をここにかざしてドアを開ける。ないと中に入れないから、忘れないようにね」

言いながら上司が自分の社員証をリーダーにかざすと、カチャ、と解錠される音がした。そのまま取っ手を摑んで上司がドアを開く。

「あれ、まだみんな揃ってないな。今日は新人配属だって言っておいたのに」

ぶつぶつ言いながら部屋に入る上司に続いたが、まずは部屋の狭さに驚いた。

向かい合わせに並んだデスクは一ライン。机の数は五つ、ラインの先頭に課長のものと思われるデスクがある。室内には今、二人の男女がいるだけだった。一番ドア側の席、堆く積まれた書類の間で、デスクにアームで取り付けられたディスプレイの画面に前のめりになっている女性と、その斜め向かいの席でスマートフォンをいじっている茶髪の男性。二人とも『商社パーソン』というには違和感がある、と、思わず注目してしまう。

何せ二人は上司が部屋に入ってきたというのに、まったく反応していない。よく見ると茶髪の男性の耳にはイヤホンがささっていた。勤務時間中に？　いや、まだ始業前なのか？　十時過ぎているけど？　呆然としていた僕の前で、上司がパンッと手を叩く。

「新人を連れてきたよ。自己紹介してもらうから注目してくれるかな？」

上司なのにえらく腰が低い。そして声をかけられた二人の、面倒くさそうに顔を上げるという態度にも驚く。

「それじゃ、宗正君」

上司に振られ、挨拶する。

「宗正義人、W大商学部出身です。どうぞよろしくお願いします！」

挨拶では、発展途上国のインフラ整備に携わりたいという希望をもって入社したと言おうと考えていたが、配属先が営業ではないことに不満を抱いているととられかねない。それで随分と短い挨拶になってしまったが、この長さでも二人の注意を引くことはできなかったようだった。途中で下を向いてしまった二人に、上司が注意を促す。

「君たちも自己紹介をしてくれよ」

「あーはい。わかりました」

と、茶髪が立ち上がったかと思うと、Bluetoothのイヤホンを外しながら僕に頭を下げる。

「桐生(きりゅう)です。院卒四年目。よろしく」

そうしてすぐに彼が座ると、今度は女性が立ち上がった。

「……派遣の三条(さんじょう)です」

「よろしくお願いします」

名前を言っただけで再び座り、ディスプレイを凝視している彼女の年齢は三十代半ば、化粧っ気もなく服装はリクルート用のような黒一色の、少々型崩れした古びたスーツだった。

そうも忙しいのだろうか。挨拶をはしょるほど？　それとも単に歓迎されていないだけなのだろうか。自然と気持ちが沈んでくる。

「大門さんは自己紹介したんですか？」

茶髪が——ではなかった。桐生が上司に声をかける。

「したよ」

「えっ」

さも当然、というように頷いたのを聞き、されてないんだが、と思わず声を上げてしまう。

「あれ？　してなかったかな。失敬失敬」

上司が頭を掻きながら僕に謝る。随分ぼんやりしているようだが大丈夫だろうか。案じてしまったが、やはり顔には出さないようにと心がけた。

「大門だ。ここ、総務部第三課の課長職についている。三課のメンバーは桐生君と三条さん以外にもう一人いるんだけど、顔合わせは少し先になるかな。君の席は桐生君の横で僕の前だ。パソコンとスマートフォンは机の上にあるから」

「はい」

「ここ、Wi-Fiの入りがイマイチなんだ。ネットは有線で繋いでくれる？」

「は……はい」

「それから、地下三階にはお茶室や自動販売機がないんだ。朝、買ってから来ることをお勧めするよ。これから仕事の説明をしたいんだけど、その前に何か買ってきたほうがいいんじゃないかな？」

「あ、俺買ってきますよ。自分のコーヒーも買いたいんで」

と、それを聞いていた桐生が手を挙げ、立ち上がる。

「カフェモカ」

と、ディスプレイから視線を逸らすことなく、三条が声を発する。

「じゃあ僕はソイラテで。宗正君は？」

「あ、あの、僕が行きます」

先輩社員に頼むのも、と遠慮すると、

「それなら一緒に行こう」

と桐生はニッと笑い、誘ってくれた。

「そうだね、行ってくるといい。社員食堂の隣にカフェがあるんだ。そこは社員証で精算できるから」

教えてあげて、と大門に送り出され、桐生と共に執務室を出た。

「社員食堂とカフェは地下二階にあるから。階段で行こうか」

桐生が僕を振り返る。

「そうですね」

「びっくりした？　荷物用エレベーターに乗らされて」

「はい……あ、いやその」

「あの……はい」

面倒くさそうな応対をしていた第一印象に反し、桐生は実にフレンドリーだった。口調のせいか笑顔のせいか、つい、気を許して本心を喋りそうになる。

今の問いへの答えは『びっくりした』だが、聞きようによっては配属先への不満ととられるかもしれない。不満は正直あるけれども、それをその部署の人には言うべきではない。

失礼にあたるし、言われたほうもいい気持ちがしないだろうからと、それで返事を誤魔化そうとしたのだが、桐生はどこまでもフレンドリーだった。

「あはは、失礼とかそういうのは気にしなくていいよ。俺は荷物用のエレベーター、不便だと思ってるから。あれ、遅いし、なかなか来ないんだよ。だから出社したときはたいてい、階段使ってる。でも退社のときはエレベーター待ってるよ。階段ってさ、下りはいいけど上りはキツくない？　一階二階ならともかく、三階となるとさすがにキツいんだよね。あ、宗正君、スポーツやってたんだっけ？」

立て板に水のごとき桐生の喋りに圧倒されていたところに不意に問いかけられ、はっとして答えを返す。

「サークルですけど、テニスをやってました」

「テニスか。ゴルフはやらないの？　一緒にラウンドしようよ」

「やったことなくて」

「教えるよ」

そんな会話をしている間に二人は階段を上り、カフェへと到着していた。

「すみません、カフェモカとソイラテ、あとはアイスコーヒーと、宗正君、何？」

「あ、僕もアイスコーヒーで」

カウンターの内側にいる店員に対する注文もスムーズで、流れるような動作や口調というのはこういうことを言うのかと、感心してしまう。

「光田さん、彼、ウチの新人の宗正君。彼女はカフェの天使、光田さん。いつもおまけしてくれるんだ」

にこやかに微笑み、紹介の労を執ってくれる。光田という店員は僕と同い年くらいの若い女の子だった。

「おまけなんてしたことありましたっけ？」

桐生とは気の置けない仲なのか、間髪を容れずに返してくる。

「スマイルくれるじゃない」

「スマイルは〇円なので」

「せめてアイスコーヒーの一つはLサイズにしてやって。入社祝いってことで」

「いえ、そんな！　大丈夫です！」

自分の分のおまけを求める桐生を慌てて止める。

「先輩がLサイズ奢ってあげればいいんじゃないですか」

しかし案じるまでもなく、光田は辛辣だった。涼しい顔でそう言うと、飲み物を作り始める。

「他にも新人、来た？」

「誰も。配属時間、今日の十時半じゃなかったですか？　今、まだ十時四十分だし」

桐生の問いに光田が首を横に振る。確かに配属時間は十時半だが、なぜ知っているのだろうと、手際よく作業をしている光田に思わず注目してしまった。

「今朝、そんな話をしてるお客さんがいたんですよ。その時間には席にいなきゃいけないとか」

「そうそう。新人は温かく迎えてあげたいもんね」

店員の光田より、桐生のほうが愛想がいいように見える。しかし彼は自分を温かく迎えてくれようとしていただろうか。イヤホンをしてスマートフォンを見ていたような、と、思い出していた僕を桐生が振り返る。

「なんやかんやいって光田さんがLサイズにしてくれたよ。今日は奢るけど、明日から も通ってあげてね」

バチ、とウインクされ、ぎょっとする。ウインクなんて漫画か映画の世界の人間しかしないものだと思っていた。少なくとも自分はしたことがない。

「お会計、いいですか？」

固まってしまっていた僕の耳に、光田の愛想のない声が響く。

「あれ？　アイスコーヒー、一つLサイズの価格になってる。もう光田ちゃん、容赦ないなー」

桐生は相変わらずふざけた口調で光田に返し、社員証を差し出している。支払いはちゃんとするんだなと感心しかけ、いやいや、普通ちゃんとするだろうと思い直した。

あまり僕の周りにはいなかったタイプの人だ。一言で言うと『チャラい』。これに尽きる。悪い人ではなさそうだが、調子がよすぎてなんだかついていけないものを感じる。会ったばかりなのだから決めつけはよくないが、信用できないといった印象を抱いてしまう。

「じゃ、行こうか」

四つのカップを光田は紙袋に入れてくれていた。それを手に笑顔を向けてきた桐生に頷きかけ、それを持つのは自分かと気づく。

「すみません、持ちます」

「いいよ、別に。俺、体育会系っぽい上下関係、苦手なんだよね」

肩を竦めてみせる仕草も、まるで映画か漫画の登場人物のようだ。想像していた商社マンとは随分違うが、顔立ちも整っているし背も高い。きっとモテるんだろうなと、僕はついまじまじと桐生を見やってしまっていた。

桐生にとっては僕の視線など取るに足らないもののようで、カフェを出ると社員食堂を突っ切り、非常階段へと向かっていく。

「宗正君って寮？」

「いえ、都内に自宅があるので」

「へえ、どこ？」

「三鷹（みたか）です」

「通勤、どのくらいかかる？」

途切れなく会話を続けながら階段を降り、執務フロアに戻る。

「大門さん、買ってきました。三条さんも、はい、カフェモカだったよね」

「どうも」

三条は未（いま）だに画面に没頭していた。ちらと見やると、予定表のようである。

「彼女には貸し出し備品の管理を担当してもらっているんだ」

と、横からソイラテを取りにきた大門がそう教えてくれた。

「貸し出し備品……ですか」

「今は各会議室にディスプレイやらプロジェクターやらが設置されているから、頻度は少なくなっているんだけどね。色々あるんだ。ポインターや、あとはそうそう、各国の国旗とか。社長のところに海外の要人が来たとき、デスクに飾るんだ」

「なるほど……」

さすが総合商社。海外の要人が会社に来るなんてと感心していた僕を、三条がちらと振り返る。

「ウチは旗、貸すだけだから」

「あ、はい」

言うだけ言うと三条は視線を画面に戻してしまった。どうしてわざわざそんなことを言うのだろう、と首を傾げていると、後ろからぽんと肩を叩かれる。

「それじゃあ仕事の説明をするよ。ウチは会議室がないので、席で聞いてもらえるかな」

「わかりました」

会議室がないということは会議もないのか。三課は課長以外は三人、自分を入れても四人らしいから、わざわざ会議室に入る必要がないのだろうか。

地下三階ゆえ、当然ながら窓はない。デスクも、なんとなく古びている感じがある。少なくとも新品ではない。座ろうとした椅子の背は布張りだが、薄汚れているように見えた。

藤菱商事の本社ビルは二十五階建てで、高層階は皇居の緑を見下ろす素晴らしい景観だという。最上階の来客用のレストランは社員も使えるとのことで、上司に連れていってもらうといいと、ＯＢ訪問のときに先輩から教えてもらった。

その日は来るんだろうか。こんな窓のない部屋の古びた机に座り、くたびれた中年にしか見えない上司と、調子のいい茶髪の先輩、それに愛想のない派遣の女性、あとまだ見ぬもう一人の課員と、これからどんな仕事をするというのか。憧れていた商社パーソンになれるのか、自分は。

やさぐれそうになっているのに気づき、いけない、と気持ちを切り換える。まだ説明を受けてもいないうちから、悪いほうに考えてどうする。常に前向きに。くさっていいことは一つもないのだ。

そう自身に言い聞かせていたが、大門が始めたチームの説明を聞くうちに、鼓舞した気持ちはすぐに萎んでいった。

「総務三課は去年新設された部署でね。一課二課とはフロアも仕事も違うんだ。うちの主な仕事は社内の什器備品関連とでもいおうか、さっき説明した備品の貸し出しや、事務用品の補充、社内で配置換えがある場合の手配や、大人数の会議室の予約管理など。ああ、他には蛍光灯が切れたという連絡がきたら替えにいくとか、そういったことが業務内容になる」

「……はい」

備品の貸し出し、事務用品の補充。それに蛍光灯の交換。仕事を差別してはいけないし、それらの仕事は誰かがやらなければならないということはわかっている。でも自分がやると思うと、やるせなさを感じてしまう。新入社員のうちから、やりたかったことができるわけではないと、研修中、先輩からの講話でも聞いていた。右も左もわからないうちに不満を溜めるのは建設的ではない、三年間はそのポジションで力を尽くすことが大切だという話を聞いたあと、新人仲間では、やはりこの会社は旧態依然としているという意見が多く出た。今どき、三年も我慢しろなんていうのは古い、せめて一年だろうというのだが、僕自身、確かに三年我慢はキツいだろうなという感想を抱いたものの、一人前といわれるようになるにはそのくらいかかるってことなのかもしれないと前向きにとらえようとしていた。

しかし実際、今言われた仕事を三年頑張れとなると、さすがにつらい。溜め息が出そうになり、慌てて堪える。まだ仕事を始めたわけではなく、説明を聞いただけだ。憂鬱になるのは早すぎる。もしかしたらやり甲斐のある仕事かもしれないし、と再び必死で自分を鼓舞していく。

「がっかりしたかい？」

それでも顔に出てしまっていたのだろう。大門に顔を覗き込まれ、僕は慌てて「いえ！」と首を横に振った。

「君の配属希望は海外の発電所や水事業のプラント建設に携わることだと聞いているよ」

大門が手元の書類を見ながら指摘する。

「はい。貧しい国のインフラを整える仕事をするのが夢です」

「入社面談みたいだね」

自然と声が弾んでしまったのが可笑しかったのか、横から桐生の突っ込みが入る。

「志望動機にはこう言えばいいとか、OBに聞いたりした？」

からかわれていることはわかったが、あまり気持ちのいいものではなかった。別にこれは面接用の答えではなく本心なのだ。それをわかってもらいたくて言葉を足す。

「いいえ。大学二年のときに参加した青年海外協力隊で、モンゴルを訪れた際に感じたことです。インフラが整っていれば人々の生活ももっと楽になるのではないかと」

「だから総合商社を志望したんだね」

大門が頷いたあとに、「しかし」と続ける。

「ウチの会社、年明けに色々あったけど、入社をやめようとは思わなかったのかい？」

「……っ」

まさかそんな問いかけをされようとは思っていなかったので絶句する。どう答えるのが正解なのだろう。気にしていませんと言えば嘘になる上、『あんなこと』を気にしない神経を疑われそうである。しかしこれはタッチーな話題だと思っていたが、違ったのかと大門を見る。大門も僕を見返していたが、相変わらず覇気のない表情からは彼の心はまったく読めなかった。と、そのとき、

「あ、大門さん、そろそろフロアを回る時間なんすけど」

桐生の一際明るい声が室内に響く。

「もうそんな時間か。我々の仕事は説明よりまず実践だから。桐生君、よろしくね」

大門が壁掛けの時計を見上げ、疲れたような口調で桐生に頼む。くたびれた中年という見た目の印象は、彼の本質なのかもしれない。やる気というものが感じられない上司のもとで働くことになるのかと、憂鬱な気持ちが高まっていく。

『我々の仕事』は説明より実践。今まで聞いた限りの仕事は、一言で言ってしまえば社内の『雑用』なのではないかと思う。どうしてこの部署に配属となったのだろう。研修

中、何かとんでもないミスをしでかしてしまったとか？　最後にテストがあったけれど、普通に合格したはずだ。講師の社員を怒らせた？　問題を起こした記憶はまったくないが、気づかないうちに何かしていたと、そういうことなんだろうか。

「毎日十一時頃に各フロアの事務用品が足りているか、チェックのために回るんだ。ちょっとめんどくさいけど、ま、慣れちゃえばどうってことないから」

こっち、と桐生に導かれ、事務用品の倉庫へと向かう。

「このワゴンに事務用品が一式入ってる。ボールペンとかノートとか、あとはファイルとかクリアフォルダーとか。各フロアに事務用品のコーナーがあって、それを補充していくのが俺らの仕事ってわけ」

言いながら桐生が僕に、バインダーを渡してくる。

「これが各フロアの事務用品のストック数。常にこの数になるよう、補充すること。それじゃ、さくっと回ろうか。とはいえ、この時間、荷物用エレベーターは混んでるんだよねえ」

やれやれ、と、桐生が面倒そうな声を出す。彼もまたやる気がなさそうだ。その姿を目の当たりにする僕の口からは、もうちょっとで溜め息が漏れてしまうところだった。

桐生の言ったとおり、エレベーターは各階で停まり、上からなかなか降りてこなかった。やっときた箱に乗り込むと桐生は上から二番目の階のボタンを押した。

「最上階は接待用レストランだから。すぐ下が役員フロア。チェックするのは秘書課の事務用品コーナーだよ」

その最上階一つ下に行くまでに、長々時間がかかったのは、やはり各フロアで清掃の係の人たちが乗り込んできたからだった。

「お疲れさまっす」

「桐生君、お疲れ」

年配の女性男性、皆に対して桐生は挨拶し、挨拶を返されていた。

「聞いてよ、また二十階のゴミ箱に吸い殻が捨ててあったんだよ」

「え？　またぁ？　喫煙コーナーでしか吸っちゃいけないって、あれだけ通達出してるのになあ」

桐生が呆れた声を出す。

「多分、ありゃサエキ部長だね。ひな壇の机の横のゴミ箱に、煙草の空き箱が捨ててあったから。桐生君、名指しで注意してやってよ」

「俺、ぺーぺーだからなあ」

「そうだよ、田中さん、桐生君、クビになっちゃうよ」

「さすがにそのくらいじゃ、クビにはならないと思うけど」

話している間にも一階ずつエレベーターは停まり、新たな清掃の人たちが乗ってくる。

「どうしたの？」

「二十階のサエキ部長が吸い殻捨てたって話してたとこ」

「またかい？　火事になったらどうするつもりなんだろうねえ」

「ちょっとちょっと、狛江（こまえ）さん、サエキ部長が捨てたって証拠はないんだから」

清掃員たちの決めつけを、桐生が慌てた様子で遮っている。

「証拠っていうならさ、防犯センターの木村（きむら）さんに頼んで、二十階の防犯カメラの映像、見せてもらえばいいんじゃない？」

今、乗ってきた女性がそう言うのを、

「あらあ、近藤（こんどう）さん、冴（さ）えてる」

と狛江と呼ばれた清掃員が褒める。と、ようやくエレベーターは二十四階に到着し、扉が開いた。

「おりまーす、じゃ、皆さん、お疲れ」

「桐生君、お疲れー。頼んだよ」

「無理言っちゃかわいそうだよ。できる範囲でいいからね」

清掃員たちに送られ、エレベーターを降りる。

「あ、やべえ。紹介すりゃよかった。まあ、明日（あした）もあるからいいか」

ごめんね、と桐生が謝ってくる。

「いえ。清掃の皆さんと仲がいいんですね」

名前も呼びかけられていたし、桐生もまた呼びかけていた。僕は新人なので胸に名札をしているが、桐生も清掃員たちも名札は身につけていない。

「毎日エレベーターで顔、合わせるからね。彼女たちお喋り好きだし、エレベーター乗ってる時間は長いしで、いつの間にか仲良しさんだよ」

「そうなんですね」

やはり桐生は誰に対してもフレンドリーなようだ。カフェの店員に対しても清掃員に対しても、それに上司や同僚に対しても態度が変わることがない。根っからの人好きなんだろうなと思いながら僕は彼のあとに続き、秘書課へと向かっていった。

役員フロアは廊下のカーペットも違った。ちょっとふかふかしていて、高級感が溢れている。エレベーターホールの突き当たりには役員専用の受付があり、制服姿の女性と共に警備員も座っていた。受付の横を取り抜け、数メートル進んだ先の扉の前で、リーダーに社員証をかざし、ドアを開く。

「失礼します。事務用品の補充です」

桐生が丁寧な口調で声をかけ、中に入る。

と、一番扉に近いところにいた制服姿の秘書が振り返り、桐生に笑いかけてきた。

「大丈夫、今、課長いないから」

「なんだ、言ってよ。緊張しちゃったよ」

途端に桐生の口調が、いかにも彼らしいものになる。

「あれ？　新人さん？」

見るからに秘書という雰囲気の、きりっとした美人の彼女が、僕に気づき笑顔を向けてくれた。

「は、はい。新人の宗正です」

挨拶せねばという思いが先に立ち、声が上擦ってしまう。

「総務三課に新人が入ったって本当だったのね」

と、彼女の向かいに座る、彼女よりは少し先輩と思（おぼ）しき女性が立ち上がり、桐生に話しかけた。室内には今、秘書が四人いたが、皆が席を立ち、桐生と僕を囲んでくる。

「そ。念願の後輩の宗正君。お手柔らかに頼むね」

「よろしくお願いします！」

紹介され、焦って頭を下げる。

「田倉（たくら）です。よろしくね」

「私は三宅（みやけ）。くさらないほうがいいわよ。必ず異動ってあるから」

美人秘書たちの視線が同情的な気がする。総務三課配属というのはやはり、同情を引くということなんだろう。とはいえどういうリアクションをとればいいのかわからず、立ち尽くしていたが、不意に桐生に肩を組まれ、ぎょっとして彼を見やった。

「ちょっとちょっと、ウチの課がハズレみたいなこと、可愛い新人に吹き込まないでよ？」

桐生は僕と秘書たちの間に入ってくれようとしたらしい。

「当たりとは言えないと思うけど」

「それより聞いたわよ。この間、物産の秘書部と合コンしたんだって？　ウチの悪口、触れ回ったんじゃないでしょうね」

じろ、と三宅と名乗った秘書が桐生を睨む。

「耳が早いなー。さすが秘書」

「おだてても何も出ないから。それよりどうだったのか、教えてほしいわ」

ここでもまた、和気藹々と会話が続く。

「今日、昼一緒に食べない？　話はそのときに。それより、なんか足りないもん、ある？」

話の切り上げ方も上手い、と感心して見ている中、桐生が秘書たちから事務用品の不足を聞く。

「今日のところは別に……あ、社長が社外用箋の紙質が悪くなったって文句言ってたわよ。万年筆でサインするのに、インクが滲むって」

「そうなんだ？　おかしいな。別に業者が変わったとか、聞いてないけど」

「私も万年筆のインクの問題じゃないかと思ったんだけどね」

肩を竦める三宅が、あ、と何かに気づいた顔になる。

「マズい。もうすぐ課長帰ってきちゃうから」

「わかった、それじゃまた、昼に」

またね、とここでも桐生はウインクし、ワゴンを押して部屋を出る。慌てて彼に続いて僕も秘書課を出た。

「秘書課長がいないおやつ時には、取引先からの手土産のお菓子をもらえたりする。ただ、みんなストレス溜めてるからか、話が長いんだよね」

荷物用エレベーターへと向かいながら、桐生が肩を竦める。

「さて一階下は総務部と人事部。人事は最近、雑談が多いって睨まれてるから、さくっと行こう」

「……はい」

この調子でワンフロアずつ回っていたら、日が暮れるのではあるまいか。エレベーターが来るのに時間がかかるということだったが、それ以上に各フロアでのお喋りに時間が取られることを、その後僕は身を以て体験した。

桐生が誰にも喋りかけずに作業をすることはまずなかった。近くにいる事務職や若手社員に「どうも」と笑顔で挨拶し、自然と雑談が始まる。

僕に対しては、大抵の人が同情的だった。法務部で偶然顔を合わせた同期からも、

「大丈夫か？」

と案じられたくらいだ。

「総務三課に配属があったって、部の人、皆驚いてたんだよ。その新人、何かやらかしたんじゃないかって。あとは、強力な縁故かとも聞かれたけど、親、確か教師だったよな？」

桐生が事務職の女性と話している間、こそこそと話しかけてくれた同期の清永は大学が一緒だった。マンモス大学なので学生時代には面識はなかったが、研修中に仲良くな

ったのだ。

「うん。ウチの親、入社に反対してたくらいだし」

「それはウチもなんだけど、やっぱり縁故じゃないんだよな？」

清永は納得しつつ、なぜ縁故と思われているか理由を教えてくれた。

「あの桐生って先輩が、強力なコネ入社だそうなんだ。あんな茶髪やチャラさじゃ使いものにならないから、取引先の目に触れない総務三課に配属になったって、もっぱらの評判だ。宗正は研修中も真面目だったし、どうして？　と思ってたんだよ。確かインフラ部門を希望してたよな？」

「うん。そのはずだったんだけど……」

「何かの間違いかもしれないし、愚痴でもなんでも聞くから。同じコーポレートだしな」

頑張れ、と背中を叩いてくれた清永に感謝しつつも、やはり総務三課配属というのは異例のことなんだなと、今更ながら思い知っていた。

にしても、と、未だ、事務職の女性たちと楽しげに会話をしている桐生を見やる。

強力なコネがあるというのは本当なんだろうか。確かに茶髪や態度のチャラさは浮いているようには見えるし、ああしてお喋りばかりして本来やらねばならない事務用品の補充はおざなりになっている。

しかし、となるとますます、自分はなぜ総務三課に配属されたのだろうという疑問がむくむくと頭を擡げてきた。

「おっと、長くなっちゃった。それじゃ、今度メシでも行こう」

ようやく雑談が終わったらしく、桐生が「行こうか」と声をかけてきた。

「事務用品のチェック、終わりました。ボールペンと付箋を補充しました」

「付箋ってよく補充するんだけどさ、絶対みんな、最後まで使い切ってないよね。机の中に使いかけのがゴロゴロあると思うんだよなー、俺は」

「そう……ですね」

だから？　何が言いたいのかわからず、相槌を打ったあと、続く言葉を待つ。

「いや、別に何もないよ。そうだなあってだけで」

「そう……ですか」

それだけ？　無駄が多いから経費削減のために、付箋は使い切りましょうと通達を出すとか、そういう話ではなかったのか。やはりこの人は、コミュニケーション能力が高いだけの縁故入社なんだろうか。そして総務三課はそうした人が集められた部署なのか。なぜにそんな部署に自分は配属されてしまったのだろう。あれほど堪えていた溜め息が、自然と口から零れていた。

「さて、じゃ、次のフロア、行くよ」

幸い桐生には聞かれずに済んだらしい。にっこり笑った彼に促され、荷物用エレベーターへと向かいながら僕は、両親を始め周囲のアドバイスどおり就職先を考え直すべきだっただろうかと、今更過ぎる後悔に身を焼いていた。

2

間もなく昼休みの時間となったので地下三階に戻ったが、まだ事務用品の補充は半分も終わっていなかった。

「少し早いけど、社食行こうか」

僕らの帰りを待っていたらしい大門が誘うのに、

「俺、先約ありなんで」

桐生は明るく断り、部屋を出ていってしまった。三条は返事をせずに相変わらずパソコンの画面に集中している。

「宗正君も、誰かと約束しているのならそっちを優先してね」

大門課長が弱々しく笑う。

「いえ、ご一緒します」

頼れる上司像というのが、僕の中にはあった。いざというときの決断力、リーダーシップ、それに懐の深さ。そういう上司のもとで働けるといい。そんな希望を抱いていたときもありました、と目の前の大門を見る。

頼れそう――ではない。優しそうではあるが、単にことなかれ主義なのかもしれない。覇気がないのが一番気になる。しかし、やる気の持ちようがない部署だからか。となると自分もそのうちにやる気を失ってしまうのか。

それは嫌だ。自然と僕は拳を握っていた。

「今日は社食も混むだろうなあ。ああ、そうだ、社員証忘れないようにね。精算できないから」

のんびりした口調で大門がそう話しかけてくる。礼を言い、彼のあとに続いて階段を一階上り、『普通の』エレベーターホールを突っ切って社食に向かうと、ちょうどいくつもの箱が開き、大勢の社員たちがエレベーターから降りてきた。

数人、同期もいて目が合う。皆、『あ』というように口を開いたあとは同情的な視線を向けてきて、なんともいたたまれない気持ちになる。

正午ちょうどという時間だからだろう、社食は混雑していた。メニューは定食類や蕎麦うどん、それにラーメンといった麺類、あとはサンドイッチなどで、食品模型がウィンドウに並んでいる。

「メニュー数は豊富なんだけど、味の評判はイマイチなんだ。僕は結構美味しいと思うんだけどね」

支払いは食堂を出るときにするので、好きなメニューを選んだあとは適当に座っておいてと言われ、注文カウンター前で別れる。実は新人研修のときに、社食の評判は聞いていた。

不味くはないが決して美味しくはない。そして安くもない。グループ企業の一つが運営しているため競争相手がいないからだろう。味以外にも社員からは不満が寄せられているらしいが一向に改善されないのだという。

なので若い社員はほとんど社食を使わないそうだ。今日、混雑しているのは、新入社員の配属日だからで、言われてみれば若手は新人以外、あまりいないような気もする。

さて何を食べようと迷うも、並ぶのも面倒だったのと、大門が既にうどんの購入を終えてテーブルへと向かったのが見えたので、人が少ない列を探した。ラーメンは殆ど並んでいなかったので選んだのだが、出てきたものを見て納得する。少しも美味しそうじゃない上、冷めているようだが、文句を言えるものでもない。支払いはあとということだったので、美味しくなさそうなラーメンを載せたトレイを手に、食堂内を見回し大門を捜した。壁側の四人掛けの席にいた彼を見つけ、急いで向かう。

「すみません、お待たせしました」

「いや、全然」

大門は僕が来るまで待っていてくれたようだ。冷めてしまったのではないかと案じたが、何も言わずに食べ始めたので、僕もまたラーメンに箸をつけた。

やはりあまり美味しくはない。うどんは美味しいのかとちらと大門を見やると、考えていることがわかったのか苦笑された。

「うどんも特に美味しいわけじゃないよ」

「そ、そうなんですね」

「ところで、どうだった？　桐生君と社内を巡ってみて。明日から一人で大丈夫そうかな？」

「はい……多分。あ、いえ、大丈夫です」

各フロアの事務用品コーナーは同じ場所にあるので、迷うことはないだろう。午前中も補充はほぼ一人でやった。桐生は近くにいた事務職や若手社員とお喋りをしており、その間にすませたのだ。

しかしそれを言えば、桐生がサボっていると言いつけるようで躊躇う。あのお喋りさえなければもっと早く回れただろうから、明日は昼休みよりも随分早い時間にすべて終わらせることができるのではないか。

「桐生君はどう？」

と、まるで僕の頭の中を覗いたような質問を大門がしてきたものだから、ラーメンに噎せそうになった。

「大丈夫かい？」

水、飲む？　と大門が心配そうに声をかけてくれる。

「すみません、大丈夫です」

失礼しました、と謝り、どう答えようかと考えを巡らせつつ口を開く。

「あの、『どう』というのは？」

桐生の何が聞きたいのか、まずは確認をと、問うてみる。

「ちゃんと指導をしてくれているかな？」

「はい、丁寧に教えてくださってます」

これは嘘ではない。仕事の上で困ることはなかったと頷く。

「それならいい。彼、サボったりしてない？　君一人に仕事を押しつけたり」

「そんなことは」

あるのだが、それを告げることはやはりできなかった。しかし嘘をつくのもどうかと思い、ここで言葉を途切れさせる。

「それならいい。桐生君が来ると事務職が雑談に集まって困ると、いくつか苦情が来ているんだ。面倒はごめんなんだよね」

「……そうなんですか」

苦情が来るのもわかる気がする。しかしそれを『面倒』と思うなんて上司としてどうなんだと、僕は大門に対し心底がっかりしてしまっていた。どうして他人事でいられるんだろう。自分の部下のことじゃないのか。商社パーソンらしくないくたびれた見た目や中身以上に、覇気のなさにも上司としての責任感のなさにもがっかりだ。つい、睨みそうになったので目を伏せる。溜め息をついたらどういう反応をみせるんだろう。むっとするだろうか。それとも『面倒はごめん』とスルーされるだろうか。試してみたくなったが、配属初日から上司に喧嘩を売るわけにはいかないとなんとか思い留まった。出会ってからまだ数時間で、尊敬できない上司と決めつけるのも、あまりに性急すぎると反省したこともあった。早とちりや思い込みということもある。多分、僕はやけになっているのだ。配属先の希望がかなわなかったこと、どう考えても雑務としか思えない仕事だったこと、人当たりはいいがチャラい先輩と覇気のない上司を目の当たりにしたこと。思い描いていた商社パーソンとしての一歩を踏み出すことができなかったことで、必要以上に仕事に関しても上司に関しても、厳しい見方になってしまっているのではないかと思う。

常に前向きでいよう。やさぐれていいことなんて一つもない。美味しくないラーメンを啜りながら、気持ちを落ち着けていく。幸いなことに、大門も食べることに集中しているのか、それから食事が終わるまで彼が話しかけてくることはなかった。

食べ終わったあとはすぐに席を立つ。そのまま戻るという大門と別れ、カフェに行ってみることにした。コーヒーを飲みたかったのと、一人になってちょっと落ち着こうと考えたのだ。

カフェは混雑しており、午前中に相手をしてくれた光田ともう一人、若い男の店員が忙しそうに働いていた。自分の番になったとき、光田に挨拶をしようとしたが、迷惑かもと思い「アイスコーヒー」と注文するだけにした。

「さっきと同じですね」

光田は僕のことを覚えていたようだ。ぼそりと告げられたあと、「サイズは?」と問われ、Mと答えた。

「ここから出しますんで」

相変わらず愛想はない。が、渡されたサイズはどう見ても先程と同じLだった。

「あの」

「社員証、かざしてください」

指摘しようとしたが、淡々と指示され、焦って社員証をリーダーにかざす。レシートをくれたので確かめたが、Mサイズとなっていた。おまけしてくれたのだろうか。そうだとしたら満足にお礼も言えていないと振り返ったが、これだけの客の前で、おまけをしてくれてありがとうと言うのはマズいだろうと思ったので、あとで言いに行くことにした。

人の好意――なのか間違いなのかはわからないものの、そのおかげで少し気持ちが上向いた。午後は何をするんだろう。まずは事務用品補充の続きをやることになりそうだ。そのあとは仕事の説明か、それとも他の業務の実践か。とにかく頑張ろうと、ようやく自分を鼓舞する気力も戻ってきた僕は、アイスコーヒーを手に地下三階の総務三課に戻ったのだった。

ドアを開け中に入ると、既に僕以外の三人は席についていた。もう午後の仕事が始まっているのかと焦って時計を見たが、まだ午後一時には間があるる。

「あ、またアイスコーヒー。今度は光田ちゃん、おまけしてくれた？」

　席でまたスマートフォンをいじっていた桐生が顔を上げ、僕に笑いかけてくる。

「あ、はい。あ、いいえ」

　頷いたあと、先程桐生はＬサイズの料金を請求されたと思い出し、正直に答えていいのか迷ったため、我ながら微妙な返事になってしまった。

「え？　おまけしてくれたの？」

　それでなんだろうが、桐生が確認を取ってくる。はいと言うかいいえと言うか。咄嗟の判断がつかずにいると、助け船の意図があるかどうかは不明ながら、大門が話しかけてきた。

「少し早いけど、午後の仕事を始めるのでいいかな？」

「えー、まだ五分以上あるじゃないっすか」

　それを聞いて桐生がクレームの声を上げる。さすがにこれは注意するだろうかと見やった先では、大門はやれやれというように肩を竦めただけで、咎める気配はなかった。

　こんな感じでは、余所からの苦情なんて本人に言えないんだろうなと、またも大門にがっかりしそうになり、さっき前向きになったばかりじゃないかと思い直す。まずは落ち着いて、と、アイスコーヒーを飲みかけた僕の耳に、大門の声が響いた。

「じゃ、桐生君は放っておいて、この総務三課について、説明を始めるよ。それとも君も五分待てと言うのかな？　宗正君」

「いえっ」

言えるはずもないし、言うつもりもない。焦って返事をした僕に、大門がニッと笑いかけてくる。

「新人はそうじゃなくっちゃね。それじゃあちょっと来てもらえるかな。ああ、アイスコーヒーは持ってきてもいいけど、零さないでくれよ」

「はい……？」

どこに行くというのか。零すなと言われたことが気になり、持っていくのをやめる。机の上に置き、打合せならパソコンはいるだろうかと持とうとすると、すかさず大門の声が飛んできた。

「パソコンも手帳もいらない。記憶してくれればいい」

「は、はい」

なんだろう。まるで今までの彼とは別人のような印象を受ける。当惑しながらも僕は大門のあとに続こうとし、またも首を傾げることになった。

ドアに向かうと思った彼が向かった先は、壁一面のキャビネットだった。あまり整理されているとはいえず、様々な形のファイルがびっしり詰まっている。せめて高さを揃えるとかすればいいのにと思っていた、そのキャビネットのファイルの一つを大門が押す。

「え？」

次の瞬間、信じられないようなことが起こった。大門がファイルの背を押した壁面キャビネットだけが奥へと移動したかと思うと、横にスライドし、そこにぽっかりと空間が現れたのである。

「入って」

肩越しに僕を振り返ると、大門がその空間へと足を進める。入ったと同時に電気をつけたせいで、そこが広々とした部屋だということはすぐわかった。が、なんだってこんな、スパイ映画のような場所があるんだ？『戸惑う』なんて言葉じゃ追いつかなくて、頭の中がクエスチョンマークだらけになる。

「さあ、入って。閉めるから」

いつの間にか背後に立っていた桐生に背を押され、わけがわからない状態ながらも中に入る。桐生も一緒に入ってきたかと思うと、振り返って壁にあるボタンを押した。と、扉——キャビネットの裏側は扉状になっていた——が重そうな音を立て、静かに閉まっていく。

「ここがウチの秘密会議室。もう、なんて顔してるの」

唖然(あぜん)としていた僕を見て、大門が噴き出す。

「秘密会議室ですか？」

ふざけているのだろうか。しかしふざけてこんな大それた設備をつくるか？　周囲を見渡すと広々とした部屋には、デスクがやはり一ライン、しかしそのデスクは見るからに新品、かつ最新モデルだ。

その横には打合せスペースがあった。机の上には大型のディスプレイが載っている。

「座って。はい、これが君の二台目のスマートフォン。これは絶対になくさないように。あと、他の誰にも番号やアドレスは教えないようにね」

「会社の……ですよね？」

既に渡されているのだが。だからこその『二台目』なのだろうが、一体なぜ？　やはり少しも理解が追いつかない。

「そのスマホでなら、メモをとってもいいんですよね、大門さん」

と、昼休み中だと文句を言いつつも結局は共にここへと入ってきた桐生が、横から大門に声をかける。

「いいよ。くれぐれもロックをして、他の人には見られないようにね」

さあ、座って、と、大門が先に打合せの席につく。

「向かいに座るといいよ」

桐生に促され、大門の前の席につく。隣に桐生が座り、いよいよ打合せが始まるのだなと緊張して大門を見やった。

「さて、総務三課の表の仕事の内容は午前中に説明したが、これから話すのはこの課の本来の仕事についてだ」

「……はい」

表の仕事？　裏の仕事があるというのか？　それが『本来の仕事』？　いやそんな、ドラマじゃあるまいし、と信じがたく思ったせいで、どうやら首を傾げてしまっていたらしい。

「疑問を覚えるのも当然だが、まずは話を聞いてくれ」

大門に苦笑され、慌てて姿勢を正す。と、大門は尚も苦笑したあと、口を開いた。

「さて、この藤菱商事の評判を地に落とすことになったフィリピン政府高官への贈賄事件についてだけど、当然君も内容を把握しているよね？」

「！」

思わず息を呑んだのは、その話題は社内ではタブーなのではと思っていたからだった。

「おかげで内定辞退者が続出し、今年の新入社員は例年の半数となった。退職希望者も多い。仕方ないと思うよ。自殺者が出ちゃね」

大門が肩を竦め、僕を見る。彼が今話題にしているのは、年明け早々メディアを騒がせた藤菱商事関連の事件で、フィリピンでの都市開発事業の一番札を得るため入札を担当する政府高官に賄賂を贈ったことが発覚し、外国公務員贈賄罪で社員が逮捕されたのだ。

逮捕された海外不動産部長は、厳しい取り調べに耐えかね、自ら命を断った。藤菱商事は贈賄は自殺した部長が自身の判断で行ったもので、会社が指示したわけではないと世間に発表、部長の遺書にもそう認められていたこともあり、結局贈賄に関しては被疑者死亡で送致され、それ以上の捜査の手が会社に及ぶことはなかった。証拠がなかったんだろう。

警察は引いたが、世論は『会社ぐるみに違いない』というムードとなっている。自殺した社員への同情もあろうが、亡くなった人間に責任を押しつけようとしているという印象を持たれたのだ。会社がまったく知らないというのは無理がある、上司は知っていたに違いない、事実関係を検証するべきだとマスコミが毎日のように書き立てた。が、結局警察が動かないまま事件が収束したせいで、藤菱商事は今や『悪徳』という評判が立つようになっていた。

「マスコミに情報が流れたのは年明けだったけれど、実は警察の捜査はもっと早いタイミングで当社に入っていてね。社内のコンプライアンスを案じる声が上がった。それでこの総務三課が発足したんだよ。コンプライアンス違反を洗い出す部署としてね」

「は……い」

大門の説明が難しかったわけじゃない。ただ、信じられなかった。それで頭になかなか入ってこなかったのだ。そんなドラマや映画のような部署が、日本を代表するといっていいこの会社に存在するとは思わなかった。からかわれているのか？　しかしからかうために用意するには、この秘密会議室はあまりに大仰だ。

「信じられないという顔をしているね。まあ、新入社員に信じろというほうが無理か」

大門には相変わらず、僕の考えていることが筒抜けのようだった。やる気の無い、ことなかれ主義のくたびれた中年どころか、洞察力が半端ない。

「新人配属って聞いて驚いたんですよねえ、俺も。数年は『普通』の会社員、やらせてあげればいいのにって」

桐生もまた今までのチャラい印象とは違って見えた。口調は軽かったが、同情的な視線を向けてきたその目にはいかにも聡明そうな光が宿っている。

「それだけ彼が買われているってことだよ」

大門がそう言い、僕を見る。『彼』というのは僕のことか。買われているって誰に？　更なる疑問に頭がパンクしそうになっていたのがわかったのか、大門は「なんでもないよ」と笑うと「ともあれ」と説明を再開した。

「そういったことだから、君にも今日からコンプライアンス違反の摘発のために働いてもらう。社内の膿を全て出し、藤菱を健全な会社とするのが我々に与えられた業務だ。しかしこのことは誰にも言わないようにね。友人は勿論、家族や、それに恋人にも。宗正君は恋人がいるんだっけ？」

「い、いません」

不意の問い掛けだったので、真実を咄嗟に答えてしまう。学生時代に彼女はいたが、僕が藤菱商事に就職することについて揉め、結局別れてしまった。因みに彼女は同業他社に就職している。

「お揃いだね。俺も今はいないし大門さんもバツイチだよ」

ニッと笑って桐生がそう言い、ね、と大門を見る。

「桐生君の言う『今』は瞬間的なことが多いよね」

大門が笑い返したあと、「そりゃひどい」と口を尖らせた桐生を無視し、僕に声をかけてきた。

「君には寮に入ってもらう。手配はすませたからこれから入寮の準備にかかってもらえるかな？」

「寮ですか？」

寮は通勤時間が九十分以内の社員は入れないルールだったはずだ。僕の自宅からの通勤時間は約一時間で、寮に入れる距離ではない。

「寮での聞き込みでは実のある情報が得られることが多いんだよ。入寮に関しては僕が人事に手を回した。家族や同じ寮の社員たちへの説明は君に任せる。くれぐれもこの部署のことは言わないように。総務三課の秘密を知っているのは課員とあと一人、ここを作った人のみだからね」

「わ……かりました」

正直に言えば未だ混乱したままで、少しも『わかって』はいなかった。とはいえ説明を求めようにも、何を質問したらいいのかすらわからない。

「わかったならさっさと動く。すぐに帰宅して荷物をまとめ、入寮すること。遅くとも五時半までには戻ってくるようにね」

最早『覇気がない』とはとても言えない、やる気とリーダーシップに溢れた様子の大門の、鋭い眼差しと力強い語調で与えられた指示に僕は跳び上がった。

「はい！　いってきます！」

「事務用品の補充はやっとくから。明日から頑張って」

桐生がニコニコ笑いながら手を振ってくる。

「よろしくお願いします！」

頭を下げたあと、あのお喋りは情報収集のためだったのかと改めて気づき、思わず桐生を見やる。彼のトークスキルは素晴らしかった。事務職だけじゃなく、清掃の人やカフェの光田からも色々な話を聞いていた。

「さっさと行く！」

感心してしまっていた僕は、大門の指示にまたも跳び上がりそうになり、

「失礼しました！」

と頭を下げたあと、もときた扉へと——キャビネットへと向かおうとした。

「ああ、ごめん。出るときはその横のボタンを押すと出られるから。あと、ここに入るときは掌紋認証がいる。帰ってきたら登録作業をするように」

大門の指示に返事をし、ボタンを押して扉を開ける。外では相変わらずディスプレイに前のめりになりながら三条が席に座っていたが、ちらと見えた画面に映っていたのは洋服のネット通販のページのようだった。

「すみません、失礼します」

目の前で『秘密の会議室』に入ったのだから、当然ながら三条も三課の秘密を知っているのだろうが、どういう役割を果たしているのか。疑問を覚えはしたものの、五時半までに入寮して戻らねばならないとなるとのんびりもしていられないと、鞄を持って慌てて部屋を飛び出す。エレベーターは高層階にいて来そうもなかったので一階まで階段を駆け上ると、そのまま駅に向かって走った。

一人地下鉄に揺られながら僕は、今聞いたばかりの話を思い起こしていた。冷静になればなるほど、信じがたいという感想を抱いてしまう。からかわれたと言われたほうがまだ信じられるが、新入社員をからかう理由がわからない。

父は学校にいっているだろうが、母は家にいるに違いない。入寮することになった理由を考えねばと、帰宅までの間僕は必死に頭を絞った。

結局のところ、『上司命令』しか浮かばなかったのだが、母は簡単に納得してくれた。自分も夫も会社勤めをしたことがないので、そういうものなのかと信じてくれたのだ。

「寮ってどこにあるの？」

「世田谷だよ」

バブルの頃に建てられたという寮は、以前はプールバーなんかがあったそうだ。今その場所は多目的ホールになっているという。建物や設備は古いが、ジムもあるし各部屋にシャワーがついているのもいいと、入寮した同期が言っていた。以前は世田谷の他にもいくつか寮があったそうだが、バブルが弾けたあとに売り、今は世田谷の寮だけになっている。それゆえ入寮希望者に対応可能人数が追いつかず、通勤可能な人間は受け入れ不可、居住年数は三年以内と期限が設けられている。

そこに無理やりねじ込まれるわけだから、寮にいる同期や先輩たちに納得してもらえる理由を考えねばならない。配属先が総務三課というだけで注目を――同情を、といったほうがいいか――されているだろうから、そこも含めて納得してもらうには何を言ったらいいだろう。

家の事情？　幸いなことに、学生時代からの友人は同期にいない。父親が離島に転勤になったことにしようか。しかしいきなり今日から住むというのは不自然だ。

必死で考えたもののこれといういい案が浮かばないまま寮に到着したのだったが、僕を迎えてくれた寮の主事には既に、大門からあまりに『らしい』理由が告げられていた。

「ここの大規模改修工事前の点検のために新人の君が住むことになったんだってね。アンケートを採ったりするそうだけど、手伝いが必要なら遠慮なく声かけてくださいよ」

六十過ぎという主事さんは、好々爺――というには若いが、いかにも人の良さそうな人だった。なるほど、そういう理由だったら入寮している社員からも話が聞きやすい。

僕に考えろと言ったのは緊張感を持たせるためだったのだろうか。わからないながらも僕は主事さんが用意してくれた部屋に荷物を運ぶと、

「今日からよろしくお願いします」

と改めて彼に挨拶をしに行ってから、急いで会社に戻った。

寮から会社までは一時間弱かかった。自宅からよりは若干近いが、誤差の範囲だ。とはいえ、快適な寮らしいし、得をしたといえないこともない。僕が採ることになる『アンケート』がどんなものかによるけれどと思いながら、地下三階への非常階段を駆け下り、執務室に入る。

「今戻りました！」

「席に着いたら社則を頭に叩き込んで。今日は『接待』について念入りに。細則もすべて確認すること。社則の掲載場所は新人研修で学んでいるよね？」

言われた時間より三十分近く早く戻ってきたことに対するコメントはなかった。さすがに子供ではないので、褒めてくれるのではと期待をしていたわけではないが『早かったね』くらいはあるかと思っていた。

慌てて席に着き、パソコンを立ち上げる。社則がイントラネットのどこにあるかは当然知っていた。が、接待費に関するものはどの部の管轄だったか、すぐにはわからない。人事部か。総務部か。あ、総務部だった。自分の部じゃないかと反省しつつ中身を読み込んでいく。

「三十分後にテストするからね」

「えっ。あ、はい！」

大門の言葉にぎょっとしたが、すぐ我に返って返事をする。

「大門さん、スパルタすぎないっすか？　今日はまだ配属初日ですよ」

桐生がやれやれというように溜め息をつきつつ、大門に話しかけている。もしや庇ってくれているのかと気づくも、テストという単語が僕から一切の余裕を奪っていた。

「即戦力になってほしいからね。君のときも相当スパルタにしたと記憶しているけど」

「だから配慮を求めるんじゃないですか。数日間、安眠できなかったんですから。ここにきたばかりのときは」

大門と桐生、二人の会話を聞くうちに背筋が凍る思いとなる。それほど大門は厳しいのか。テストを間違ったらどうなるんだろう。不安を抱えながらも僕は社則と細則の接待関係部分を、記憶するまで読み込んだ。

三十分後、大門の声が室内に響く。

「それじゃあパソコンもノートも閉じて」

テストだ。答えられますようにと祈りつつ、言われたとおりにパソコンもノートも閉じる。

「接待を行う際の必須のルールは？」

「事前承認を受けることです」

「課長の承認金額は？」

「五万以下」

「部長は？」

「十五万以下。十五万超の場合は本部長となりますが、本部長には上限がありません」

「部長が同席した場合の承認者は？」

「五万以下なら課長、五万超なら本部長の承認が必要です」

「承認方法は？」

「接待費管理簿の記載への押印、または経費精算システムでの認証のどちらかでの承認です」

「事前に申請できなかった場合は？」

「メールでの認証依頼や電話で承認があった旨を残しますが、それが許されるのは急な接待の場合のみで、事前に日程がわかっている接待で事前承認を受けなかった場合、本部長への報告書が義務づけられます」

「よく勉強したじゃないか」

よしよし、と、ここで大門が笑顔になる。

「合格ってことですね？」

横で見ていた桐生が僕の代わりに聞いてくれたのに、大門が「まあね」と頷く。それは合格ってことだよなと、僕はひっそりと安堵の息を吐いた。

「三十分で細かいところまでよく覚えたよ。えらいえらい」

大門は『まあね』だったが、桐生は手放しで褒めてくれ、嬉しくなった。

「ありがとうございます」

「さてそれじゃ、出掛けようか」

それで礼を言ったところに、大門が声をかけてくる。時計を見ると間もなく午後六時になろうとしていた。

「夜の街に繰り出すんだよ」

桐生がニコニコ笑いながら説明してくれる。夜の街——飲み会ということだろうか。ということはもしや、歓迎会をしてくれると？

期待は、だが次の瞬間には裏切られることとなった。

「仕事だよ。我々の業務は説明よりはまず実践と言っただろう？　いわばＯＪＴだ」

言いながら大門が僕を見て、バチ、とウインクしてみせる。今日もらった二発目のウインクもまた、僕には相当強烈な印象を与えた。全然、くたびれた中年じゃない。覇気のかたまりみたいなオーラが彼からは立ち上っている。着替えたわけでもぼさぼさの髪を整えたわけでもない。表情が変わるだけで一気に印象が変わるというのもすごいと感心したあと、これから『仕事』だという彼の言葉をようやく理解した。

どういう仕事なんだろう。就業時間は間もなく終わろうとしている。初日から残業なのか？　あ、就業時間中に入寮のために自宅と寮を行き来した。あれは『勤務時間』とはカウントされないのか。

出勤簿のつけかたも一応、研修中に習ったものの、今日みたいなイレギュラーなケースは当然ながら例にもあがっていなかった。

しかし今は出勤簿のつけかたを悩んでいる場合ではない。既に部屋を出ようとしている大門と桐生に遅れまいと鞄を手に取る。

「あ、鞄はいらない。二台目のスマホさえあればいいから」

と、気づいた大門に言われて慌てて鞄を手放す。スマートフォンはポケットに入っていた。財布も持っている。大丈夫、と判断を下し、手ぶらで二人に続く。二人もまた手ぶらだった。荷物用エレベーターを使うのかと思っていたら、そのまま非常階段へと向かっていく。

二人とも、上りの階段はキツいとか言っていなかっただろうか。あれもキャラを作っていたのか？　首を傾げながらも身軽な動作で階段を上っていく彼らに続き、一階のエントランスから外に出る。

今更になるが、三条が席にいなかったことを僕は思い出していた。五時すぎに戻ったときには既にいなかったように思う。時短なのだろうか。彼女は総務三課の真の役割を知っているのか。知らないわけはないと思うが、などと考えているうちに、二人は通りを挟んだ斜め向かいのビル内へと入っていく。そのビルは地下一階と二階が商業施設になっていて、地下二階の中華料理店が彼らの目的地だった。

「ここは担々麺が美味しいんだよ」

他に客は誰もいない店内で僕にそう言った大門は、注文を取りに来た店員に「担々麺」と告げていた。

「俺も担々麵。宗正君は？」

「あ、僕もそれじゃあ担々麵で」

桐生に問われ、同じものを注文する。夕食を食べに来たのか？　やはり歓迎会をしてくれるつもりだった？　またも頭の中が疑問符だらけになっていた僕に、大門が説明してくれる。

「仕事前の腹ごしらえだよ。君の歓迎会はちゃんと開催するから。担々麵だけで終わりだと思わないように」

「あ、ありがとうございます」

不満を持ったわけではないが、そうとられてしまったのだろうか。慌てて頭を下げた僕を見て、桐生が楽しげに笑う。

「宗正君は本当に気持ちが顔に出るよね。俺たちに対してはそれでいいけど、これからは腹芸も覚えてもらうことになるからね」

「腹芸ですか？」

『腹芸』と聞いて一番に頭に浮かんだのは、お腹に顔を描く『腹踊り』だった。

「違うから」

口に出したわけではないのに、大門に噴き出され、どうしてわかったのかと驚く。

「演技力も磨いてもらうことになるけど、今日はまあ、いるだけでいい。目の前で何が起こっても声を上げないでいること。いいね？」

そんな僕に大門が淡々と指示をしたところに、注文してまだ時間もさほど経っていないというのに担々麺が運ばれてきた。

「さあ、食べよう」

大門に言われ箸を持つ。担々麺は美味しかった。昼食べた社食のラーメンがいかに不味かったかを改めて思い知らされる。

「ここ、昼は混むけど、時間をずらせば大丈夫かな。夜は残業前後に食べにくる社員が多い。この時間は穴場かな」

食べながら桐生が説明してくれる。空いているのはそのせいかと納得しつつ食べ終えるとすぐ、大門が立ち上がった。

「行こう」

「ちょ、待ってください。まだスープ残ってるんで」

桐生が慌てて止めるのに「遅い」と大門が彼を睨む。

「喋っているからだ」

「すみません」

相手は自分で、桐生は説明をしてくれていた。それで詫びると大門は、やれやれ、というように溜め息を吐き僕へと視線を向けた。

「いい子だね、君は」

「子……」

なりたてではあるが社会人だ。子供扱いされようとは思わなかった。思わず声を漏らした僕を見て、桐生が楽しそうに笑う。

「大門さんからしたら、宗正君も俺も子供ってことだよ。おかえしに『お父さん』と呼んでやったら？」

「えっ」

そんなこと、できるはずがないと焦る僕の前では、大門が桐生を睨んでいる。

「喋る間があれば食えと言ったよな？」

「食いましたよ。さあ、行きましょう。宗正君のOJTに」

上司相手とは思えないくだけた口調で桐生はそう言うと「はい」と伝票を大門に差し出す。

「奢りですよね、課長」

「宗正君の分は出さないでもないが、桐生君の分まで払うのはなあ」

「ちゃんと部下掌握費、使ってくださいよ」

言い合いを始めた二人には緊張感がまるでない。しかしこれから何が起こるのかまったくわかっていない僕は、先程から緊張しまくっていた。

桐生の押しに負けたのか、はたまた最初から奢る気だったのか、三人分の担々麺の支払いを終えた大門が「行くぞ」と声をかけてくる。

「ゴチになります」

「ご馳走様です」

桐生が先に言わなければ、奢ってもらった礼も言いそびれるところだった。反省しながらも益々緊張を高めつつ、僕は二人に続いて店を出るとビル内の通路を進み、直結となっている地下鉄の改札口へと向かったのだった。

3

大門と桐生に連れていかれたのは銀座の泰明小学校近くの路地だった。

「あの割烹に自動車六部の部長を含む三名の当社社員がやってくる。代理店を招いての接待だ。よく顔を覚えておくように」

そう言い、大門が示した先には、『かなざわ』と書かれた看板が出ていた。間口は小さく店がまえは簡素だが、僕のようなペーペーが入れるような雰囲気ではない。

「酒も入れて一人一万五千円程度という価格帯で、自動車六部は接待によく使っている。部長が金沢出身で店の味を気に入っているからだそうだ」

僕と大門は路地の陰に身を潜めていた。桐生は大門の指示で別の場所に向かっている。『またあとで』と言われたのでこのあと合流するということかもしれない。と、店の前にタクシーが停まり、男が三人降りてくる。

「今、後部シートから最後に降りた彼が自動車六部の水野部長。隣にいるのが二課の土屋課長。助手席から降りてきたのが加藤主任。顔、覚えた？」

「は、はい」

彼らが店に入るまでの時間は十秒程度。既に薄暗くなっているので正直、顔はよく見えなかった。霞みそうになる記憶を何とか奮い起こし、今の映像を頭に刻み込む。

「二時間くらいで出てくるかな。それまで怪しまれないよう気をつけつつ、彼らが出てくるのを待とう」

「………」

返事が遅れてしまったのは、さも当然のように二時間この場で待てという彼の指示に衝撃を受けたからだった。

「わかった？」

確認を取られたので慌てて「はい」と頷く。要は今の三人が店から出てくるのを見張れということなんだろうが、なぜそんなことをするのか、理由がわからない。

と、店の前にタクシーが停まり、恰幅のいい男と痩せた男の二人が後部シートから降りてきた。助手席で運転手に支払いをしていた若めの男が最後に降り、三人は店へと入っていく。

「あれが今日の接待相手。山内産業の山内専務と日下部課長、それに山下課長代理。こっちの三人も顔を覚えておいてね」

大門の指示に、「はい」と返事をし、またも三人の顔を記憶に焼き付けようとする。

山内専務は柔道家のような印象で、髪型も角刈りっぽく覚えやすかった。あとの二人はどこにでもいる感じで、街で擦れ違ったらわからないかもしれない。しかしそんなことは言っていられないと、先に見た自動車六部の三人とあわせ、復習よろしく何度も顔を思い浮かべる。

それからの二時間は長かった。二人で立っていると目立つということで、大門はすぐ、どこかへ行ってしまった。誰か出てきたら電話かメールをするようにと言われたので、僕はずっと店の入口を見張っていたが、数名の客が入っただけで出てきた人間は誰もいなかった。

約二時間後、ようやく大門が戻ってきた。缶コーヒーを渡してくれながら問い掛けてくる。

「出てきた？」

「まだです」

礼を言ったあと答えると、

「お疲れ。トイレ、行くなら行ってきていいよ」

と言われたが、特に行きたくなかったので大丈夫と答えた。間もなく店の前にタクシーが三台停まる。それから十分ほどして店の格子戸が開き、男たちが歓談しながらぞろぞろと外に出てきた。

「今日はありがとうございました」

手土産らしい百貨店の紙袋を持った山内専務が、自動車六部の水野部長に笑顔で声をかける。

「どうぞこちら、お使いください」

水野部長の横から加藤主任が山内専務らに何か——タクシーチケットと思われた——を手渡し、専務たちはそれぞれタクシーに乗り込んだ。

「ありがとうございました」

水野部長、土屋課長、加藤主任が頭を下げたあと、並んでタクシーを見送る。三台のタクシーが走り去ると、三人は、やれやれというように顔を見合わせ、笑い合った。

「まさか山内専務が退任とは思わなかった。何があったか調べておいてもらえるか？」

水野部長の指示に土屋課長が「わかりました」と頷く横で、加藤主任も神妙な顔で立っている。

「それじゃあ、今日はお疲れ」

「部長、車、呼びますが」

「いやいい、地下鉄で帰るよ。それじゃ、お先に」

駅へと向かって歩き出す部長を二人が「お疲れ様でした」と頭を下げ、見送る。

「行くか」

「はい」

部長の後ろ姿が見えなくなると、土屋と加藤は頭を上げたあと、声を掛け合い歩き出した。

「追うよ」

「えっ」

大門に耳元で囁かれ、驚いて彼を振り返る。追うって二人を？　尾行？　刑事ドラマのように？

タクシーに乗られたらどうするんだろう。『前の車をつけてください』という例のアレをドラマよろしくやるんだろうか。そんな馬鹿げたことを考えているのを見抜かれたのか、大門に睨まれてしまう。

「行き先の予想はついているんだ。しかし万一ということもあるから、絶対見失わないように」

「わかりました」

相変わらず頭の中は疑問符だらけだが、質問できるような空気ではなく、僕は大門と共に土屋と加藤のあとを少し距離を取りつつつけ始めた。

二人は新橋方面に向かっているようだった。時刻は十時前。向かう先に色とりどりのネオンの看板が現れる。

ここはいわゆる銀座のクラブ街ではあるまいか。話には聞いたことがあるが、当然ながら縁などあろうはずもなく、足を踏み入れたこともない。

細い通りの両側のビルには一体いくつあるんだろうと思えるほど、たくさんの店が入っている。二人はその中の細いビルへと進み、エレベーターへと向かっていった。

「ここでいい。あとは二人が出てくるのを待つ。で、君の仕事だ」

と、大門が僕の目を見ながら問うてくる。

「山内産業の三人の顔は覚えたね？」

「はい」

「その三人の誰かがこのビルに入っていくかどうかを見張るんだ。目立たないようにね」

指示を出すと大門はまたふらりとどこかに行ってしまった。僕はわけがわからないまま、ビルに出入りするサラリーマンやホステスさんたちの顔を一人一人確認し、先程タクシーに乗った山内産業の三人がいるかどうかに意識を集中させ続けた。

どのくらい時間が経っただろう。そろそろ終電が出るのではと時計を見ようとしたとき、背後から軽く頭を叩かれ、はっとして振り返った。

「余所見しない。なんちゃって」

いつの間にか近づいてきていた桐生がそう言い、にっこりと笑ってみせる。

「すみません……っ」

「冗談だって。そろそろ出てくると思うから」

桐生がそう言ったとき、ビルから土屋と加藤が大声で笑いながら出てきた。見送りにホステスさんも二人、一緒に降りてきたようだ。

「あ、ミキちゃん、ちゃんと請求書、二つに分けてくれたよね？」

加藤が聞いた相手は背の高いほうのホステスだった。すらりとした細い身体に光沢のある生地の白いドレスを纏っている。ロングの巻き髪に乱れはなく、ザ・銀座のホステスという感じがする。紅い唇が印象的だなと思わず綺麗なその顔に見入ってしまって、加藤が何を聞いたのか、意味を解するまでには至っていなかった。

「わかってますって。いつもどおり、日付もブランクにするんでしょう?」

「さすがミキちゃん。それじゃ、またね」

土屋と加藤がひらひらと手を振り、千鳥足で駅へと向かう。彼らのあとをつけたほうがいいかと振り返り、桐生に問おうとした僕の視界に、『ミキちゃん』と呼ばれていたホステスがつかつかと近づいてくる姿が飛び込んできた。

「えっ」

じろじろ見すぎたのだろうか。土屋や加藤には気づかれないよう身を隠していたが、彼女には気づかれてしまったと? どうしよう、と桐生を振り返るも、桐生はニコニコしながら、近づいてくるミキを真っ直ぐ見つめている。

結局ミキは、僕たちのすぐ前までやってきて、腕を組んだ状態でじろ、と僕と桐生を睨んできた。近くで見ると美貌が際立つ。しかしどうしたらいいのかとその場に固まっていたのは僕ばかりだった。

「よ、お疲れ」

桐生が笑顔で彼女にそう声をかけたのだ。

「本当に疲れました。今日で終われそうでほっとしてますよ」

やれやれというような口調でミキが肩を竦める。この声、どこかで聞いたことがあるような、と首を傾げた僕の肩に桐生の腕が回る。

「宗正君がわからないみたいだから自己紹介したら？　三条さん」

「え？　三条さんって……っ」

あの、パソコン画面ばかり凝視していた、化粧っ気のない地味な服装の？　驚きの声を上げたあと、まじまじと顔を見ると、確かに面影はある。しかしあまりに変わりすぎだろうと、気づけば僕は口をあんぐり開けた状態で彼女の顔を凝視していたようだ。

三条に眉を顰められ、気づいて慌てて目を伏せる。

「す、すみません」

「お店に挨拶してきます。証拠持ってきますんで」

僕の謝罪を無視し、三条は桐生にそう言うと踵を返し立ち去っていった。カッカッとハイヒールの踵がアスファルトを叩く音が遠のいていく。

「さて、それじゃ、車、回してくるよ」

「車⁉」

いつの間に？　と驚いていた僕を残し、桐生が立ち去っていく。と、またも横から声をかけられ、僕はぎょっとして声の主を振り返った。

「わかったかい？　自分が何を見張っていたか」

「うわっ」

桐生も大門も、気配を消すのがうますぎる。いや、僕がぼんやりしすぎているだけか。

いつの間にかすぐ近くに立っていた大門の出現に驚いたせいで、彼の問い掛けに答えるより前に、思わず大きな声を上げてしまった。

「失礼しました！　ええと……」

慌てて謝り、答えを考える。山内産業との接待のあと、水野部長は帰宅し、土屋課長と加藤主任の二人がクラブに飲みに来て帰るところまでを見張っていた——が答えだろうが、なぜ見張っていたのかとなると、理由はよくわからない。

「打合せまでの間に考えておいて」

大門は僕の背を叩くと、行こう、と促し、大通りに出る。少し待つと桐生の運転する白い車が目の前に停まり、僕は助手席に、大門は後部シートに乗り込んだ。そのまま待つこと五分あまり、コートを羽織った三条がやってきて、後部シートに乗り込んでくる。

「この時間、オフィスに入るのは地下一階の通用口からになり、警備員にチェックされるんだ。入館記録に残ってしまうから、今日はこれからウチに向かうよ」

大門はそう言うと、隣に座った三条を「お疲れ」と労った。

「土屋課長と加藤主任は終始二人だったね？」

「はい。ずっとテーブルについていましたから間違いないです」

「支払いはいつものとおりツケで、五万円を超えないように二枚に分割してほしいと」

「はい。日付はブランクでした」

「……あ」

五万円。その金額にピンとくる。

「わかった？」

と、後部シートから大門が問い掛けてくる。

「課長決裁にするためですか？」

五万円以上だと部長決裁になる。それを避けるためか、と気づいたと同時に、その理由にも気づく。

「あ、もしかして彼らは自分たちだけで行ったクラブの支払いを、接待費として処理しようとしているんでしょうか」

「正解だ。初日にしては理解が早い」

振り返った後部シートでは、大門が満足そうに笑っている。自分で答えておいてなんだが、本当にそんなことを考えていたのかと僕は、記憶に刻み込んだ自動車六部の土屋と加藤の顔を思い起こした。

「今日の支払いは？」

「六万三千円です。それを二分割しました」

大門の問いに三条が答え、バッグからスマートフォンを取り出して画面を示す。

「これが請求書の控の写真、これが二人で飲んでいるという証拠写真です」

「いつもながら完璧（かんぺき）だね」

さすがだ、と感心する大門に、三条が淡々と言い返す。

「明日もあるので私はこれで失礼してもいいですよね？」

「ああ。もちろん。君を送ってからウチに向かうつもりだったよ」

大門の言葉に三条は「どうも」と軽い調子で礼を言っている。しかし変われば変わるものだと、僕はついバックミラー越しに彼女の顔を見てしまっていた。と、視線を感じたのか、ミラー越しに目が合う。

「なに？」

「いえ、その、驚いてしまって」

がらっと変わった外見にも驚いているが、彼女の態度にも僕は驚いていた。上司に対するものではないような。語尾こそ『ですます』だが、敬っている感じはしない。

「副業禁止なんじゃないかとか、そういうこと？」

三条の眉間の縦皺が深まったのがわかる。

「態度が悪いとかそういうことじゃない？」

なぜか大門は今回も僕の考えを正確に読み、朗らかな口調でそう確認をとってきた。

「ああ、だって私、派遣だもの。上司部下ってよりは対クライアントって認識なのよ」

「それだともっと敬ってもいいような……」

ぼそ、と桐生が運転席で突っ込みを入れる。

「なに？」

彼に対しても三条の態度は大きかった。

桐生が僕に向かって、やれやれというように肩を竦める。車は晴海の高層マンションが立ち並ぶエリアへと向かっているようだった。ツインタワーになっているマンションの車寄せに入っていくので、もしやと思っていると、やはりそこが三条の住居らしく、

「どうも」とまたも軽く礼を言い、車を降りる。

「明日、出社は十時でいいですよね」

「フレックスだね。オッケー」

大門に許可を得たあと、桐生と僕にも一応「失礼します」と軽く頭を下げ、マンション内へと入っていく彼女の後ろ姿を、思わずまじまじと見送ってしまった。

「あれ？　もしかして恋しちゃった？」

桐生が横からからかってくる。

「いえ、ドラマみたいだなと……」

地味な外見の女性が実はとびきりイケてるスーパーウーマンだったなんて、本当にドラマや小説のようで、驚いてしまう。

「それを言ったら我々の仕事もドラマみたいだよね」

桐生は笑ってそう言うと、車を発進させた。

「大門さんの家も晴海の高層マンションなんだよ」

「僕は低層階だけどね」

「いや、なんでも」

桐生が説明してくれたのに、大門が言葉を足す。

「三条さんは五十八階建ての五十二階だったっけな。僕は七階。地震で懲りたんだよね。エレベーターが停まっちゃって」

そんな会話をしているうちに、大門の住む高層マンションに到着する。

「来客用の駐車場がこの時間なら空いてるはずだ」

駐車場は地下にあり、大門の言う通り『来客用』と書かれた場所は空いていた。エレベーターで七階に向かい、大門の部屋を目指す。

「何もない部屋だけどどうぞ。冷蔵庫に水くらいはある。腹が減っているなら、冷凍食品があるよ」

「餃子(ギョーザ)焼きましょう。好きなんですよ、あれ」

桐生は慣れたものなのか、嬉々(きき)としてキッチンへと向かっていく。

通された部屋は1LDK――なんだろうか。広々としたリビングダイニング以外に何部屋あるかはわからなかった。本人が言うとおり、ダイニングテーブルに椅子が四脚、リビング部分にはソファとテレビがあるくらいで、本当に何も物がない。

「こんな時間に食べたら太るぞ。それに君は車だろう。餃子をビールなしで食べるのか?」

「あーそうか。仕方ない、水だけで我慢しますよ」

桐生が残念そうな声を上げつつ、ミネラルウォーターのペットボトルを三本手に戻ってくる。

「すみません！」

自分の分まで持ってきてもらってしまった、と彼に駆け寄り、受け取ろうとすると、

「体育会系の上下関係は苦手って言ったでしょ」

と返され、「はい」とペットボトルを手渡された。

「ありがとうございます」

「それじゃ座って。今日の報告会と今後についての会議を始めるよ」

大門がスーツの上着を脱ぎ、それを椅子の背にかけ座る。桐生もそうしたので僕も倣うことにした。

「自動車六部で、私用飲食を接待費として処理しているという噂を桐生君が聞きつけてきてね。調査した結果、二課の土屋課長と加藤主任の名があがった。あの銀座のクラブに土屋課長の愛人が勤めていて、売上げに貢献する意図もあったようだ」

「愛人が誰かということも、三条さんなら突き止めているんでしょうね」

「当然。本人から裏を取ったと言ってたよ。潜入二週間でそこまで突き止めるのはさすがとしか言いようがないよね」

大門の話を聞き、僕も心底感心すると同時に、一体彼女はどういう人間なんだろうという疑問も覚えていた。

派遣社員ということだが、こうして潜入捜査をするために契約したのだろうか。どう

やって探したんだろう。またも僕の疑問は、大門に見抜かれることとなった。

「三条さんはもともとウチの事務職ＯＧだよ。結婚退職したあと、去年派遣として戻ったんだ。もともと同じ部署で働いていたので彼女のポテンシャルはわかっていたし、それでウチの課にスカウトしたんだよ。因みに今、彼女が所属している派遣会社には事情は一切話していない」

「そうだったんですか……」

探偵か何かかと思っていたが、もともとは事務職だったのか。凄いなと目を見開いた僕に向かい、大門が困ったように笑う。

「感心するのもいいけど、君も明日から同じように働いてもらうんだから。いや、今日からか。心して臨んでくれないと困るよ」

「！　はい、頑張ります」

仰るとおり。とはいえ自分にできるだろうかと考えると不安しかない。しかしやる気だけはあることを示したいと頑張って元気に返事をすると、大門には苦笑されてしまった。

「やっぱり新人はフレッシュでいいですね」

桐生のこの言葉はもしやフォローだろうか。『頑張る』のでは意味がない、成果を出せということかもしれない。しかし言い直すのもと躊躇っていると、大門がテーブルの上にスマートフォンを置く。

「三条さんが集めた証拠を共有するよ。今夜、自動車六部の水野部長、土屋第二課長、加藤主任により、山内産業との接待が行われた。先方メンバーは山内専務他二名。一次会は銀座の割烹『かなざわ』、山内専務らはそこでタクシーチケットを渡され帰宅。同じく帰宅するという水野部長と別れたあと、土屋課長と加藤主任が銀座のクラブ『ラ・メゾン』に二人で向かい、約二時間滞在、支払いは六万三千円、それを五万以下になるよう二で割った日付ブランクの請求書を店側に依頼した。さて宗正君、精算にこの請求書が使われた場合、これだけで不正の証拠となり得るが、ポイントはどこだと思う？」

スマートフォンを差し出してきながら、大門が僕に問い掛ける。

「請求書が証拠に……」

日付がなければ、同じ日のものを分割した証拠にはならない。

「店側の証言がなくてもということですよね？」

「ああ。同じ日のものではないということにして日付を離して精算した場合に、整合性が崩れる。なぜだと思う？」

「あ、連番だからですか？」

ヒントをもらえたおかげでわかった。請求書の控を見ると連番になっている。接待の実施日を離した場合、請求書の通し番号も離れるはずだ。連番なのは同じときに発行した可能性が高いと認識されるのではないか。

「そのとおり。正解だ」

「すごい、よく気づいたなあ。配属初日とは思えないよ」

大門と桐生、それぞれに褒められ、正解を言えたことにほっとする。

「請求書が手元に届くのに数日かかる。精算はそのあとにしかできないから、それまでは様子見となるな」

「この件は部長も当然、知っているんですよね？　接待費管理簿は毎月部長がチェックすることになってますから」

桐生の指摘を聞き、細則にそのルールが掲載されていたことを思い出す。

「今日は参加していなかったが、別で部長も似たようなことをやっているんだろう。自分が認証しない分に関しては『知らなかった』で通すつもりじゃないか？」

「水野部長の尻尾も摑みますか。ああ、でも、部長は『一族』の人間だから、揉み消されますかね」

「一族……創業者一族なんですか？」

藤菱商事は大企業には珍しいオーナー企業なのだった。旧財閥だった創業者の一族経営で、百年以上の歴史を持つ。

創業者の名字、即ち現会長、社長の名字は如月だ。親戚か何かかと問い掛けた僕に、大門が答えてくれる。

「水野部長は如月一清社長の次女の夫だよ。現社長には息子がいない、かつ、三人の娘は誰も入社していないので、娘の配偶者が社長を継ぐ可能性大だ。長女次女の夫は社員、三女の夫はメインバンクの社員だ」

「そうなんですか」

社長は世襲とは知っていたが、息子がいないとか、娘の配偶者についてとかは初耳だった。水野部長の顔を思い浮かべる。彼が未来の社長かもしれないのか。外見はエリートっぽい感じだった。今の社長はどちらかというと押し出しが強いタイプに見えるが、水野部長は物腰が柔らかくスマートな印象だ。

しかしもし、接待費をプライベートの飲み会に利用していることを黙認しているとしたら、大問題ではなかろうか。

ごくり、と自然と喉が鳴る。

「実際、不正にかかわっているかどうかを調べるのはこれからだから。今から緊張する必要はないよ」

大門が苦笑しつつそう言うのに、確かにそのとおりなのだろうが、と、思いながらも、僕は今更のように自分が携わるようになった仕事の重さをひしひしと感じていた。

社員の不正を摘発する。新入社員の僕が。畏れ多いどころじゃない。さあっと血の気が引いていくのがわかる。

「青ざめちゃいましたよ。大丈夫？」

桐生が心配そうに僕の顔を覗き込む。

「大丈夫……というか……」

ここは『大丈夫です』と言うところだろうが、鼓動は高鳴っているし、変な汗はかいているしで、身体の不調すら感じていた。

「初日から濃かったからね。今日はゆっくり休むといい。ああ、新入社員だからといって、朝早く来る必要はないよ。始業時間に仕事が始められるようにしてくれればいいから。そもそも早朝は誰もいないからね」

大門も僕を気遣ってくれているようだ。

「今日は解散にしよう。桐生君、彼、送ってあげて」

「わかりました。それじゃまた明日（あした）」

桐生は大門に頭を下げると、立ち上がりながら僕の腕を摑んできた。

「立てるか？」

「立てます。あの」

送ってもらうのは申し訳ないのでは。まだギリギリ電車が動いているのではないだろうか。自力で帰ると言おうとしたが、桐生は僕の腕を離さなかった。

「遠慮はいらないって。慣れてきたらドライバー役は替わってもらうことになるしね。あ、免許持ってるよね？」

「持ってます。車は両親と共有なんですが」

とはいえ父も母もほとんど車は使わない。ほぼ自分の車と言っていいのだがと言葉を足そうとすると、大門に笑われてしまった。

「本当に君は真面目だな。とにかく今日は頭を空っぽにして休むこと。明日から本格始動になるからね」

「そういうこと。遠慮はいらないよ。言っただろ？　体育会系の上下関係は苦手って」

帰ろう、と桐生に促され、玄関へと向かう。大門は玄関先まで見送ってくれた。

「しつこいようだけど、他言無用だよ。相談するなら僕たち限定で。三条さんにしてもいいけど、お金とられる可能性大だから気をつけて」

「えっ」

有料？　と驚いたせいで思わず声を漏らしたが、大門と桐生が顔を見合わせ笑ったのを見て、からかわれたのだと気づいた。

多分、これも気遣いなんだろう。いっぱいいっぱいの僕を見かねたに違いないと、二人に「すみません」と頭を下げる。

それに対する二人の返しはなく、「また明日」と笑顔で送ってくれた大門に頭を下げると、桐生と共に地下駐車場へと向かったのだった。

「寮はなかなか楽しいよ。部屋にシャワーはついているけど、大浴場に行くのがお勧めだ。ああ、あと、食事は申告制なんだ。朝食は全員分用意されているけど、夕食は出る前にエントランスのボードにマグネットを貼っておく。原始的だけどこれが一番面倒がなくていいらしいよ」

「詳しいですね」

「この間まで住んでいたからね」

感心した僕に桐生はそう言い、肩を竦めた。

「ルールで三年しかいられないだろう？　仕方なく今年から部屋を借りたんだけど、寮って本当に楽だったと実感してるよ」

「そうなんですね」

そういえば桐生は四年目と言っていた。そんなに寮生活は快適なのか。自宅から通うつもりだったので、同期が寮の話題で盛り上がっているときも横でなんとなく話を聞いていただけだった。そういや皆、楽しそうだったなと思い出していた僕を、続く桐生の言葉が現実に引き戻す。

「寮は情報収集の場として最適だからね。とはいえ、今日は何も考えずに寝るといい。力むと疑われちゃうから。いい感じに脱力するといいんだけど、その辺のノウハウは明日にでも教えるよ」

「あ……りがとうございます。よろしくお願いします」

そうだ。呑気に寮生活の楽しさを想像している場合じゃなかった。これも業務の一環なのだ。一気に緊張を高めていた僕の横で、桐生がやれやれというように溜め息をつく。

「だから。リラックスすること。頭は空っぽに、だからね？　そんな必死の形相で帰ったら、何事かと皆の注目を集めちゃうよ」

「あ……気をつけます」

そんな顔をしていただろうか。しかし心は確かに『決死の覚悟』を固めていた。いけない、と息を吐き出し、リラックス、と心の中で呟く。

「音楽でも聴く？」

リラックス効果を狙ってくれたのか、会話はここで終わった。桐生の選曲はジャズで、意外なような気がしながらも、聴いたことはあるが曲名はわからない曲に耳を傾けているうちに、車は寮に到着した。

「それじゃ、また明日」

「ありがとうございました」

桐生の車の尾灯が見えなくなるまで見送ったあと、建物内に入る。一階のエントランスの奥はロビーのようになっているのだが、そこに座りパソコンを膝の上で開いているのが僕のよく知る人物と気づき、思わず声をかけた。

「真木先輩！」

「え？　あれ？　義人、お前、寮だっけ？」

不思議そうな顔で問い掛けてきたのは、大学のテニスサークルの先輩にして僕がこの会社に入るきっかけ——というか最大の動機となった、大尊敬する人だった。

真木和実。テニスは体育会テニス部の部員より強かった。日焼けした肌に白い歯が爽やかで、整った容貌と優しい性格ゆえ女子人気は非常に高く、モテまくっていたが、高校時代から付き合っている彼女一筋で浮いた噂の一つもない真面目なところがまたモテていた。女子だけでなく、面倒見のよさとさりげない気遣いのおかげで、先輩後輩、男女を問わず人気があった。僕も面倒を見てもらった一人だ。青年海外協力隊に誘ってくれたのも彼だし、僕が『インフラの整っていない国に貢献したい』という夢を抱くようになったのも、真木が同じ夢を抱いていたからだ。

志望動機をパクったわけではない。目を輝かせながら、恵まれない国への社会貢献を語っていた真木に心酔——という言葉はちょっと気持ち悪いが、とにかく、彼と同じ夢を追いたいと願っているのだ。

贈賄の不祥事が公表された際、心配したのは自分の入社より真木のことだった。連絡を取って話を聞いたときに、真木は、

「世間の信用を取り戻すのは至難の業だけど、自分たちにできることをするしかないんだ」

と言っていて、信念の籠もった強い光を持つ眼差しを前に僕は、やはりここに入社しようと心を決めたのだった。

そうだ、真木は学生時代から東京で一人暮らしをしていた。実家は確か北海道だった記憶がある。

「はい。急遽入寮が決まりました。仕事の関係で」

自然と声が弾む。同期も勿論心強いが、真木が寮にいるとなると倍、心強い。何より嬉しい、と自然と笑顔になっていた。

「仕事？　あ、配属見たよ。総務三課だったよな」

と、ここで真木が心配そうな顔になる。

「驚いたよ。何かの間違いだと思うんだけど、研修中に何かあったりしたか？」

「あ、いえ。ないと思います」

「地下三階で、備品を管理したりする部署だよな、三課って。今年はどの部署も新人が足りないというのに、どうしてそんなところに配属になったのか……」

ドキ、と鼓動が高鳴る。真木の顔を見れば親身になってくれているのがわかるだけに、うっかり三課について真実を説明しそうになるが、当然、許されるはずもない。

「人事の同期に聞いてみるよ。何か誤解があったに違いないからね。それとも何か新しいプロジェクトでも立ち上がっているのかな？　仕事についての説明はあった？　どんな業務を担当することになるのかな？」

「あったというか……その……」

グイグイ来るのは多分、それだけ心配してくれているからだ。そんな優しさを無下にするのは本当に心が痛んだが、そうするしかないことは誰より自分が一番よくわかっていた。

「ありがとうございます。確かに希望した配属先ではないですが、まずは頑張ってみます」

なんとかそう言い、真木に頭を下げる。

「義人は頑張り屋だから、その分、心配だけど、外野が色々言うことじゃないよな」

突き放すような言い方になってしまったからか、真木が反省したようなことを言い出したことで、僕の胸の中に罪悪感が広がっていく。しかし、フォローはできないのだと、つらく思いながらも僕は、せめて感謝の気持ちだけは伝えたいと何度も頭を下げた。

「ありがとうございます。本当に嬉しいです」

「愚痴ならいくらでも聞くから。そうだ、近いうちに飲みに行こう。約束してたもんな」

「ありがとうございます……」

本当に優しい。しかし一緒に飲みになんて行ったら、酔った勢いで喋ってしまうのではないかと心配になる。

多忙を理由に断るしかないのか。三課については誰にも喋ってはならないと言われたとき、それがこうもつらいものだと全く理解していなかった。

家族とは別に仲が悪いわけではないものの、仕事の話をするつもりはもともとなかった。同期にも誤魔化せる気がしていた。学生時代からの友人はいないし、二週間の研修を一緒に過ごしはしたが、隠し事をしたくないと思うほど打ち解けてはいない。

唯一、嘘をつきたくないという相手がいることを、なぜ、僕は思いつかなかったんだろう。信じがたい、そう、ドラマのような展開に驚くばかりだったからだろうか。それとも無意識のうちに、嘘をつきたくないという希望が先に立っていたからか。

これから真木と、どうやって付き合っていけばいいのだろう。同じ寮で嬉しいはずが、とんでもなく憂鬱になっている。

信頼できる先輩との今後の付き合い方に関して頭を抱えてしまっていたが、この先、更に頭を抱える出来事がその真木との間に起こることなど、未来を見通す力のない僕にわかろうはずもなかった。

4

翌日、寮の同期たちは皆朝早く出社するため、早い時間に来る必要はないと言われてはいたが、彼らに合わせる形で僕もまた始業の一時間以上前に会社に到着した。

カフェは確か七時からやっていたと思い出し、行ってみる。

「おはようございます」

カウンター内では光田が一人で作業していた。他に客がいなかったので僕は昨日の礼を言おうと近づいていった。

「アイスコーヒーのMをお願いします。あの、昨日はありがとうございました」

「アイスコーヒーのMですね。こちらからお出しするのでお待ちください」

淡々と返してきた光田が差し出してきたのは、やはりLサイズだった。

「おまけですか？」

礼を無視されたため、確認を取る。

「迷惑ですか？」

と、光田は僕が予想していなかった問いを返してきた。

「いえ。嬉しいです。ありがとうございます」

「桐生さんには内緒にしておいてください。自分にもおまけしろと煩いから」

光田が肩を竦め、ふふ、と笑う。今までとは違う愛想のよさに戸惑いはしたが、無愛想なのは桐生限定なのかもしれないと気づいた。

「内緒にしておきます。気づかれそうですが……」

「あの人、鋭いですよね。髪切った？　とかいろんな人に声をかけてるし。チャラいですよね」

他に客がいないからか、光田が会話をしかけてくる。悪口めいたことを言っているが、多分彼女は桐生を意識しているのだ。好意を抱いているんじゃないかと思う。それなら、と昨日聞いたことを教えることにした。

「今は彼女いないって言ってましたよ」

「別にどうでもいいですけど。そんなこと」

途端に光田が憮然とした顔となる。

「百六十円です。社員証、かざしてください」

「あ、すみません。ありがとうございました」

それでも支払いはMサイズにしてくれたことに感謝をしつつ支払いを済ませ、職場へと向かった。

地下三階の執務室に入ると、昨日大門が言っていたとおり、中には誰もいなかった。

パソコンを立ち上げ、メールをチェックすると、同期会のお知らせが来ていた他は研修の案内くらいで、仕事関連のメールは一通も届いていなかった。

『普通』の部署に配属されたら、取引先や社内関連部署からのメールが毎朝山のように届いているのではないだろうか。海外とは時差があるから、夜中のうちにも届くだろうし。しかしこの部署の表向きの仕事は社内の雑務なので、読まねばならないメールは来ない。確かに朝来てもやることはないんだなと思いはしたが、無駄に時間を過ごすのもなんなので、社則を読み込むことにした。コンプライアンス違反を摘発するには、まずは社内のルールに精通する必要があると考えたのだ。

昨日頭に叩き込んだ接待費関連を復習したあとに、経理規定に進む。伝票認証権限について理解しようと手元のメモに書き写していると、ドアが開き大門が出社してきた。

「おはよう。早いね」

「おはようございます。新人は皆寮を早く出るので」

昨日『早く来る必要はない』と言われていたのにと、我ながら言い訳めいたことを告げると、大門には「そんなに気を遣わなくていいよ」と苦笑されてしまった。

「十時半過ぎに、事務用品の補充をするまでは好きにしていてくれていい。ああ、社則を読んでるのか。勉強熱心だね」

いいことだ、と微笑むと大門は自席につき、パソコンを立ち上げて画面に集中し始めた。僕も再び社則を熟読し、伝票の認証者についてのルールを一つ一つ頭に入れていく。

桐生は始業の二分前に音楽を聴きながら登場し、三条は予告どおり十時に出勤してきた。化粧と服装で女性はああも変わるのかと、つい、まじまじと顔を見てしまい、気づいた彼女に睨まれる。

十時半になったので、事務用品の入ったワゴンを引き、荷物用エレベーターに乗り込んだ。

「新人さん？　桐生君から引き継いだのかい？」

今日も清掃の女性とエレベーターが一緒になった。桐生にするように親しげに声をかけてくれる彼女たちとのお喋りもまた、情報収集の一環ということだろう。桐生のようなスキルはないが、誠意を込めればきっと道は開けると信じ、まずは自己紹介、と、

「宗正です。よろしくお願いします！」

と一人一人に挨拶をし、元気がいいねと褒められたことに安堵した。

しかしフロアでの情報収集はまったくできなかった。桐生は自分から周りの事務職に声をかけたり、逆にかけられたりと会話が絶えなかったが、僕が一人で事務用品を補充していても誰も声をかけてくれる人はいない。同情的な視線を遠くから浴びせてくるといったパターンが多い気がした。『遠くから』というのは多分、かかわりあいにはなりたくないということだろう。問題のある新人だから総務三課に配属になったのではという目で見られているのをひしひしと感じつつ、昨日より随分と早い時間にフロアを回り終えて地下三階に戻ると、桐生が明るく声をかけてきた。

「どうだった?」

「……上手くできませんでした」

会話を交わしたのは昨日の法務の同期くらいだった。それも「寮に入ったんだって?」という程度の短いものだ。

「手早く終えたじゃない。補充はできたんだろ?」

桐生が意外そうに問うてくるのに、

「誰とも話ができなくて」

と俯くと、ぷっと噴き出す声が響いてきた。

「当たり前じゃん。今日、一人で回る初日でしょ?　俺は約一年、やってたんだよ。会話するようになるまで、結構かかったんだから」

「そうなんですか」

「そうだよ。少しずつフロアの皆と関係を構築していったんだ。それを昨日今日でやろうなんて、百年早いよ」

「た、確かに」

「いや、百年は待てないから」

納得していた僕の傍で、大門が苦笑してみせる。

「桐生君が下地を作ってくれているから、ひと月もかからないと思うよ」

加えてそんなフォローをしてくれた彼が「さて」と僕らに声をかける。

「会議に入りたいんだけど、いいかな？」

「はい」

「もうすぐ昼だし、午後にしましょうよ」

桐生はごねたが大門は彼を無視し、壁面キャビネットに向かっていった。ぶつくさ言いながらも桐生が彼に続き、その後ろに僕もつく。地下三階の総務三課の部屋に入る社員はほとんどいない。備品を借りに来る人たちも、備品置き場での引き渡しになるのでこの部屋に足を踏み入れることはないのだが、それでもこんな秘密基地のような場所を作る必要があったのかと、キャビネット奥の秘密会議室のテーブルにつきながら密かに首を傾げた。

「用心するに越したことはないからね。ここは社内の監視カメラも入っていない。僕たちが設置したカメラは入っているけどね」

本当に大門は僕の思考を完全に読む。昨日、考えていることが顔に出ると言われたが、そこまで出ているだろうかと思わず頰を触ってしまった。

「我々の仕事はそれだけ極秘ということだよ。言っただろう？　知っている人間はごく限られていると」

「課員と総務三課を作った人、ですよね」

そう聞いた、と確認してから、そういえばその『作った人』は誰なんだろうという疑問を今更持つ。

「誰が作ったんですか？」

「それはまたおいおい」

しかし聞いても誤魔化されてしまい、ますます疑問を抱くことになった。普通に考えたら社長とか？　それとも総務を管轄している役員か？　なぜ、教えてもらえないのか。からかわれているわけではなさそうだが、と大門を見るも、きっと理由を聞きたいのはわかるだろうに、彼にはスルーされてしまった。

「さて自動車六部の接待費については、待ちの段階となったので、新しい仕事にかかるよ。次は架空取引だ。トレードについては、研修で習ってるんだっけ？」

大門に問われ、基本は習っている、と研修内容を思い出しつつ頷く。

「はい。ざっとですが」

「販売先仕入先、請求書、納品書とは何かといったことがわかってれば大丈夫。それじゃ、説明するね」

言いながら大門が持ち込んでいたパソコンを大型ディスプレイに繋ぐ。映し出されたのは、顔写真つきの社員の名簿だった。

「ヘルスケア事業部の風間部長。今回のターゲットの一人だ」

「風間部長って確か、龍生会グループの病院への医療用品のサプライチェーンを構築した立役者じゃなかったでしたっけ。奥さんの父親が龍生会のトップで」

桐生の発言に大門が「そのとおり」と頷く。

「龍生会グループっていうのは、関東甲信越に八つだったかな……の病院を持つ一大グループなんだよ」

わけがわかっていないのが顔に出たのか、桐生が僕に説明してくれる。

「注射器とか消毒綿とか、細々とした医療用の備品はそれまでそれぞれの病院の出入りの業者から購入していたんだけど、グループでまとめて購入すればそれだけコスト削減になると病院を口説いて、ウチのヘルスケア事業部がそれぞれのメーカーの窓口となり、仕入れから配送までを受け持つことになったんだ。それがモデルケースになって、他の病院グループにも販路が広がり、今や年間十億超の利益を計上する優良ビジネスとなっている。理解できてる？」

「はい。なんとか」

スタートは妻の縁故ではあるが、それを育て上げた凄い人、ということだろう。画面の写真で見る風間部長は、恰幅がいいからか随分と裕福そうに見えた。

「この人が不正を働いているんですか？」

先程大門は『架空取引』と言っていた。どういうことをやっているのか、実は皆目見当がついていない。『架空』というくらいだから、実際ないものを売買している？　どうやって？　首を傾げる間もなく、大門が説明を始めてくれた。

「架空取引は注射針の製造メーカーＭ社と共謀したものだ。数が多く在庫管理が煩雑になりがちなところから思いついたようだ」

「売上げのためですかね？　それとも懐に入れてるんですか？」

桐生の問いに大門が頷く。

「主目的は売上げだが、多少、懐にも入れているようだ。彼らの手口を説明するよ。宗正君、理解できないときには遠慮無く手を挙げてくれていいからね」

「ありがとうございます」

礼を言った僕に頷いてみせたあと、大門が手元を操作し、『納品書』と書かれた紙片の写真を画面に映す。

「これが注射針の納品書だ。それぞれ製造番号が振られているのがわかるね」

「はい」

一枚の納品書は十五行、すべてが『注射針』で埋まっており、それぞれの行に製造番号が書いてある。

「龍生会グループすべての分だから、注射針だけでも凄い量となる。また、発注があるごとに出荷しているから、在庫数の確認もおざなりになる。数えていられないからね。この納品書は二ヶ月前のものなんだが、三ヶ月前の納品書と、製造番号がまるで同じなんだ」

言いながら大門が画面を二分割して別の『納品書』と書かれた書類を映す。

「本当ですね。さっきの出荷日は二月でしたがこれは一月、製造番号が同じものが二度出荷されていることになるんですね」

桐生が画面を見ながら言うのを聞き、なるほど、とそれを確かめる。

「これ、経理は通るんですか？」

「納品書は一伝票につき百枚以上あるからね。スルーしていることになっている」

「『ことになっている』？」

実際はスルーされていないということか、と、疑問を覚えたせいで僕はつい声を上げてしまった。

「担当経理も一枚嚙んでいるんだよ。三ヶ月前、ヘルスケア事業部から経理に異動になった若手がいてね。彼が架空取引に手を貸している可能性が高い。というのも、仕事がわかっているからと彼がこの案件の担当なんだ。経理が不正を見抜くより前にと、子飼いの部下を経理部に送り込んだんだよ」

「……なるほど……」

少し混乱している部分もあるが、説明されたことは概ね理解できている。チェックをする経理部の人間が敢えて不正を見逃しているということだよなと頷いた僕の耳に、大門の声が響く。

「そして彼がその、不正を行っていると思しき経理の若手だ」

大門がそう告げたと同時に、画面が社員名簿に切り替わる。

「えっ」

画面に現れた写真を見た瞬間、衝撃のあまり僕は大きな声を上げてしまっていた。

まさか。見間違いようもない顔写真に愕然としつつも、他人のそら似ということはある、と名前を見る。

『真木和実』

間違いなくそこに記されていたのは、尊敬する先輩の名だった。

そんな馬鹿な。唖然としすぎていたせいで、大門の声も桐生の声も少しも耳に入ってこない。

ありえない。その一言に尽きた。真木が不正を行うなど、あり得るはずがなかった。

正義感溢れる人柄は、自分がこの目で見てよく知っている。

「宗正君、宗正君、聞いてる？」

腕を摑まれ、はっと我に返る。桐生が不審そうに眉を顰め、顔を覗き込んでいたこと
にようやく気づいたと同時に僕は、大門と彼に向かい、

「あり得ません！」

と叫び、立ち上がっていた。

「興奮しなくていい。充分声は聞こえてるから」

大門が、やれやれというように溜め息をつきつつ、僕を真っ直ぐに見つめてくる。

「君の先輩だからだろう？　ＯＢ訪問も彼にしている」

「はい。尊敬する先輩です。真木さんが不正を働くなんて、とても信じられません」

何かの間違いに違いない。主張する僕をちらと見たあと、大門が新しい書類を画面に

映す。

「これは先月の計上確認の帳票。ここに真木の印が押されているだろう？」

「それは……！」

確かにその帳票には『真木』の印鑑はある。それでも何かの間違いに違いないと僕は主張を続けようとした。

「真木さんは不正を行うような人ではありません」

「そう、彼が不正を行っているという確たる証拠はまだ集まっていないんだ」

「でしたら！」

きっと間違いだ。そうに違いないと続けようとした僕の目の前に、小型のスティックタイプのＵＳＢメモリーが差し出される。

「え？」

「君は彼と親しいんだよね？　それを見込んでの作業をしてもらう」

大門がニッと笑ってそう言い、ほら、というように尚もＵＳＢメモリーを差し出してくる。

「な……なんですか？」

嫌な予感がする。問い掛けた僕に大門が命じた作業は、『嫌な予感』なんて言葉では足りないほどの酷いものだった。

「三条さんはＩＴ関係にも強くてね。ハッキングが得意なんだ。これにウィルスの一種を仕込んである。君の仕事は真木のパソコンにこのUSBメモリーを挿してくること。彼のパソコンの中を見れば不正を行っているかどうか、一発でわかるからね」

「そんな……！」

「君は真木の潔白を信じているんだろう？　不正を行っていないというのなら、逆にできるんじゃないか？」

「しかし、そんな、真木先輩を騙すようなことは……」

したくない、と告げようとした僕の横で、桐生が溜め息をつく。

「あのさあ、宗正君は真木のすべてを知ってるわけ？　最近じゃいつ会った？」

「昨日会いました。寮で」

「その前は？　真木がこの会社でどんな仕事をしているか、聞いたことはあったかい？」

「それは……っ」

聞かれて初めて僕は、自分が久しく真木と顔を合わせていなかったことに気づいていた。例の贈賄事件が公になったとき以来、メールのやりとりはしたが、直接会いはしなかった。

以前聞いた所属部は海外インフラ事業部だった。自分も同じところに配属されたいと密かに願っていたが、その後、異動があったことは教えてもらっていない。

「人は変わるものだから。いい方にも悪い方にもね。今の彼が信頼に値する人間かどうかなんて、確かめないとわからない。違うかな？」

真木に疑いの目を向けたくはない。加えて、騙すようにしてパソコンの中身を見る手助けをするなど、決してしたくはなかった。

「君がやらないなら、三条さんか桐生君に頼むけど。君ほど容易くはないだろうが、優秀な二人だから、し損じることはないしね」

大門が呆れた口調になっているのがわかる。

「三条さんがやるわけないじゃないですか。どうせ俺になるんでしょ」

渋々といった様子ながら、桐生が手を挙げようとしている。それでいいのか。もしそれで真木が不正に荷担した証拠があがってしまったら？　いや、あり得ない。彼が不正を働くわけがない。それを証明するためには、と僕は心を決め、声を張った。

「あの！　僕が！　僕が真木さんの無実を証明します！」

「でかい声だな」

「ここ、響くから配慮してくれるかい？」

桐生と大門、二人に呆れられたが、かまってはいられなかった。

「僕がやります。やらせてください」

「もともと君の仕事だから。じゃ、渡すよ」

ますます呆れた様子となりながらも、大門がＵＳＢメモリーを渡してくれる。

「あの」

「しかし……」

僕がやろうとしたことがわかったのか、問うより前に大門が畳み掛けてきた。

「勿論、本人に不正をしているか確認するなど、もってのほかだからね。君の仕事はこれを彼のパソコンに挿してくること。間違っても彼に、不正を疑われていると怪しまれないように。いいね？」

「……っ」

すべてお見通しだった。僕は直接真木に問おうとしていたのだ。何か理由があって不正にかかわっているのなら話してほしいと。

「君の動き次第では、架空取引にかかわっている社員の悪事を暴けずに終わることになるから。くれぐれも勝手な行動は慎むように。いいね」

尚も大門が念を押してから立ち上がる。そのまま彼は秘密会議室を出ていき、中には僕と桐生が残された。

「大丈夫？　できないようなら俺、やるよ？」

桐生は俯き黙り込んでいた僕を案じてくれたようだった。

「いえ……大丈夫です。やります」

大門の言うとおり、桐生なら容易くこのUSBメモリーを真木のパソコンに挿してくるだろう。彼に頼んだほうが精神的には楽だと思う。だが、やはり人任せにはしたくなかった。

「真木って、今、三年目だよね。二学年上のサークルの先輩にどうしてそこまで思い入れがあるの？」

桐生が興味津々といった顔で聞いてくる。

「尊敬してるんです」

「何かきっかけがあったとか？」

桐生の聞き方は軽かったが、馬鹿にしているといった印象はなかった。

「歳の近い先輩を尊敬したって経験がなくてさ。ああ、勿論俺を尊敬してって意味じゃないよ、今のは」

実際、彼は本当に話し上手、聞き出し上手だと、今この瞬間、僕は身を以て思い知っていた。

「青年海外協力隊に一緒に参加したんです。行き先はモンゴルで、そこでちょっとした盗難事件があって」

なくなったのは僕の財布だった。全財産ではなく、現地の通貨に使う分だけ換金した金しか入っていなかったので、盗まれたとしてもまあいいかと、盗られた当人の僕は早々に諦めたのに、真木は執拗といってもいいしぶとさで僕の財布を捜してくれた。

『先輩、もういいですよ』

子供たちの貧しい生活を目の当たりにしていただけに、もし、彼らの中の誰かが盗んだのなら、それはそれでいいと僕は考えていた。というのも、そのとき財布を盗める状況にあったのは、僕らが勉強を教えていた子供たちだけだったからだ。

お金があれば家族が助かると思ったのではないか。不用意に紙幣を見せてしまった自分に非があると、僕は考えていたのだが、それを言うと普段怒ったことのない真木に、真剣に咎められてしまった。

『本当に子供たちのためを思うなら、盗みは悪いことだと教えるべきなんじゃないか？』

君にとってはたいした金額じゃないかもしれない。だからといって、盗まれても仕方がないという考えを持つべきじゃない。子供は出来心で盗みを働いたのだろう。このまま流してしまえば、その子はまた他の機会に盗みを働くかもしれない。結果、その子の人生を狂わせることになるかもしれないんだぞと諭されたとき、僕は一言も返すことができなかった。

子供のためを思っているようで、単に自分の面倒を避けただけだ。わずかな金でめくじらを立てる『悪者』や『ケチ』になりたくなかった。それだけのことだと気づくと自分が恥ずかしくなり、真木に詫びた。

真木は子供一人一人に話を聞き、盗みは悪いことだと諭した。一人の子供がこっそりと財布を返しにきたときには、二度としないようにと注意を与えはしたが、そのことを他の子供や親たちには決して言わなかった。

『ボランティアというのは自己満足で終わってはいけない。本当に相手のためになるには何をすべきかを常に考えることが大切なんだ』

モンゴルからの帰り道、彼はしみじみとそう言ったあとに、あの地に必要なのはインフラだと思うと告げていた。安全な水を、生活に必要な電力を届けてあげたい。その願いから自分は総合商社を目指すのだと言われ、同じ道を歩みたいと心から願った。

そんな彼が、不正など働くだろうか。気づけば僕は随分と熱弁を振るってしまっていたようだ。

「いや、よくわかった。君がどれだけ真木に心酔しているかが」

若干鼻白んだ様子で桐生がそう答えたことでそのことに気づかされ、気まずさを覚え俯いた。

「でもさっきも言ったけど、人は変わるから。昨日の土屋課長や加藤主任だって、最初から悪事を働いていたわけじゃない……多分ね」

「それは……そうですよね、多分」

悪事を働きそうだとわかっていたら、そもそも採用はされないだろう。入社してから人が変わったというのなら、真木もそうなる可能性があると、桐生が言いたいのはわかる。でも、何があろうとあり得ないと思ってしまう。

「変わったか変わっていないか、それをパソコンに挿せば答えが出る……そう考えればいいんじゃない？」

桐生がニッと笑い、目で僕の手の中にあるUSBメモリーを示してくる。

「そう……ですね。はい。そうですね」

真木を騙したくはない。だが無実を証明できるものならしたい。その手段としてパソコンにこれを挿す。そう考えることにしよう。我ながら欺瞞だと感じたが、僕ができない場合は桐生がやる。どちらにせよ真木のパソコンの中を見る必要があるというのなら、自分の手でやろうと僕は心を決めたのだった。

桐生と二人、秘密の会議室を出たあと、僕は自席で、どうやって真木のパソコンにUSBメモリーを挿すか、必死で頭を絞った。

まず、二人で会う算段をつける必要がある。経理に会いに行こうか。そして隙を見て——いや、部内では他の部員に見られる可能性がある。彼が帰宅するのを待って挿しに行く？と、僕の頭に昨夜寮のロビーで彼がパソコンを見ていた姿が蘇る。

パソコンを持ち帰っているとなると、寮を狙うしかない。そうだ。今夜、寮の彼の部屋を訪ねてみよう。

そうと決めたらと僕はパソコンを開き、真木にメールを打った。

『昨日はすみませんでした。よかったら今日、相談に乗ってもらえませんか？　親がいいウイスキーを持たせてくれたので、先輩の部屋で飲むのはどうでしょう』

ウイスキーはこれから買いに行くつもりだった。用事がないかぎりは受け入れてくれると考えていた僕の期待が裏切られることはなかった。

真木からはすぐに返信が来た。

『勿論なんでも聞くよ。ウイスキーとか気を遣ってくれなくていいが、人には聞かれたくないということかな？　それなら帰りに軽く飲んだあと、僕の部屋で飲み直そう』

こんな親切な先輩を騙すというのは心苦しいことこの上ない。しかしやると決めたからには、と僕は、大門に状況を説明し、これからウイスキーを買いに行ってもいいかと許可を得ようとした。

「いいよ」

「待って」

と、いつものようにパソコンの画面に向かって前のめりになっていた三条が、そう声をかけてきたかと思うと、デスクの下をがさごそと探り、

「はい」

と紙袋を差し出してきた。

「？　これは？」

僕に向かって差し出されたので受け取り、中を見る。

「ウイスキー！」

「『ラ・メゾン』でビンゴをしたときの商品。バランタインの三十年ものだって。飲まないからあげるわ」

「えー、みんなで飲もうよ」

横から桐生が残念そうな声を上げるのを、じろ、と三条が睨む。

「有効活用したほうがいいでしょ」

「宗正君、残ったら俺にも飲ませてね」

「意地汚い」

未練たらしい様子を見せる桐生を三条がばっさり切り捨てる。

「ちょうどよかったね」

大門は笑顔でそう言ったあと、厳しい眼差しで僕を見つめ、

「あくまでも怪しまれないように」

と注意を与えてきたのだった。

真木との待ち合わせ時間は午後七時、食事をする場所は任せてほしいというので、待ち合わせのロビーに向かうと、真木は既に来ていて笑顔で手を振って寄越した。中身が詰まっているらしいビジネスリュックを背負っているところを見ると、多分、パソコンは持ち帰るようだ。僕もリュックを背負っていたが、中にパソコンは入っていない。寮の部屋にあったと思わせるために隠した、先程三条からもらったウイスキーだけが入っていた。

真木が僕を連れていってくれたのは、赤坂にあるスペイン料理の店だった。

「パエリア、好きだったよな？」

「はい、よく覚えてますね」

大学生のとき、試合のあとの飲み会で初めてパエリアを食べ、あまりの美味しさに感動していると、先輩がもう一つ追加で頼んでくれたのだ。

『これで思う存分食べられるね』

その日の試合では惜しいところで負けてしまい、悔しい思いをしていた。それに気づいていたらしい真木が気持ちを盛り上げようとしてくれたとわかり、嬉しくなった。

それ以来、僕の好物はパエリアとなったのだが、真木はもしやそのことを覚えていてくれたのか。

感動していた僕は、やはり真木が悪事に手を染めているなどあり得ないとしか思えなくなっていた。

店での会話は、昔の思い出話となった。サークルの仲間の話やモンゴルでの話に花が咲く。

僕の悩みについて、真木から話を振ってくることはなかった。僕もまた、真木に会社の話題を振ることができずにいた。他の客に話を聞かれてはマズいという配慮というより、この楽しい時間を継続したいという願いのほうが強かったのだが、楽しいままでは終われないということもよくわかっていた。

店には二時間くらいいたが、明日も会社があるので九時すぎには出ることにした。

部屋飲みのためにと、帰り道、真木と僕はコンビニに寄り、おつまみと氷を買ったが、間もなく自分がやらねばならないことを思うと緊張が高まり、動作が不自然になってしまわないよう気をつけねばならなくなった。

寮に戻るとまず僕はウイスキーをとりに行く振りをし、自分の部屋へと向かうことにした。

「僕の部屋、二階だから」

部屋番号を教えてくれた先輩に礼を言い、自分の部屋を目指す。鞄から取り出したバランタインを手に先輩の部屋に向かう前にと、僕は顔を洗った。店でワインを飲んだので、リフレッシュしようと思ったのだ。

顔を上げ鏡を見る。そこには強張った表情をした自分が映っていた。

真木の無実を証明するためだ。彼がトイレにでも立ったときに、リュックを開いてパソコンにUSBメモリーを挿す。それだけやればいい。

USBメモリーは回収しなくていいと言われていた。挿したらリュックを閉じ、何事もなかったように飲み会を続ければいい。簡単なことだと自身に言い聞かせる自分の顔は、悪巧みをしているようにしか見えなかった。

やはり真木を騙すのは気が引ける。しかしやるしかない。自分がやらねば桐生がやるだけだと、思い切りをつけ、真木の部屋に向かう。

「失礼します」

「どうぞ。入っていいよ」

ノックをし声をかけると、真木の声が中から響いてきた。ドアを開け足を踏み入れた瞬間、パソコンを開いている真木の姿が目に飛び込んできて、思わず息を呑む。

「ああ、ごめん。メールチェックしてた。急ぎの件があったから」

真木は笑ってそう言うと、パソコンを閉じ、デスクに置いた。

「いいんですか？　メール……」

自分の声が上擦るのがわかる。リュックから取り出すより、随分とハードルが下がった。メモリーは十秒ほど挿しておけばいいという。外に出してあるなら、十秒挿して回収したほうがバレずに済むなと考える自分が嫌になってきた。

「バランタイン？　凄いね。お父さんがくれたって言ってたっけ」

僕が手に持っていたボトルを見て、真木が驚きの声を上げる。

「はい、もらいものだって言ってました。ウチの父、下戸なんで」

これは本当だった。以前、そんな話を真木にもした記憶がある。

「そう言ってたね。しかしもったいない。こんなにいい酒を飲めないなんて」

なんだか申し訳ないなと言いながら、真木は用意していたグラスに氷を入れてくれた。ロックで飲むと美味しさが際立つというので、水で割ることなくグラスにウイスキーを注ぐ。

「それじゃ、乾杯。ようこそ、我が社へ！」

歓迎会だと笑い、グラスを差し出してきた真木のグラスに、自分のグラスを軽くぶつける。

「美味しい。初めて飲んだかも」

真木が嬉しそうに笑ったあと、不意に真面目な顔になり、僕に問い掛けてきた。

「それで？　相談って？　やっぱり配属のこと？」

「はい……あの……」

相談内容としては、それが一番適しているとは思う。納得がいかないと言おうか。どうしたら異動できるか、とか？　考えていた僕を真っ直ぐに見つめ、真木が話しかけてくる。

「人事の同期にそれとなく聞いてみたんだけど、やっぱり首を傾げていたよ。今年は例の件で新入社員が予定の半数しか入社しなかったので、よほど適性がない場合以外は本人の希望する部署に配属していたというんだ。当然、義人の希望は営業、海外のインフラだろう？　適性も充分あった。なのに、総務三課なんていうわけのわからない部署に配属になっている。義人さえよければ、人事にかけあってみないか？　僕も勿論、力を貸すよ」

「あ、ありがとうございます」

あたかも自分のことのように力を尽くそうとしてくれる。それを目の当たりにし、僕の胸は熱く滾った。

やはり先輩は変わっていない。彼が悪事に手を染めるわけがない。確信すると同時に、それを確かめるために彼を騙さねばならないのがつらくなる。

しかしそんなことは言っていられないのだと自分に言い聞かせつつ、話を自分から真木本人に展開させようとする。

「真木先輩は今、経理ですよね。希望されたんですか？」

「いやあ、僕も希望したわけじゃないんだよね。ちょっと事情があって……まあ、僕のことはどうでもいいよ」

「…………」

誤魔化されているとわかる。鼓動が嫌な感じに高鳴り、思わずごくりと唾（つば）を飲む。

「経理の仕事ってどうですか？」

「細かいね。営業にいた頃は、経理が難癖つけてくるとイラッとしていたけど、あの難癖が必要だったと配属されてみてわかった。やはりチェック機能は必要だ。不正を疑うというわけじゃないよ。人間のやることだからミスもある。それをチェックするのが経理だから、厳しいことを言うのも仕事だとわかったよ」

「チェックするの、大変ですよね？」

「まあね。どんなビジネスか、把握していないといけないし。それに与信内の取引であるかも確認が必要だ。慣れればね、チェックも早くできるんだろうけど、まだ異動して三ヶ月だから。時間がかかって仕方がない」

苦笑した真木の顔には、少しの曇りもなかった。やはり、と彼の無実を確信した次の瞬間、思いもかけない言葉が真木の口から発せられる。

「トレードでの納品書で、細かいアイテムだとチェックが大変なんだよ。百品目くらいあると眩暈（めまい）がする。先月と同じ製品じゃないかとか、そういう細かいところまで見る必要があるんだ」

「……それは……」

今、真木は細かいところまで確認していると言った。しかし、製造番号がまったく同じ納品書はチェックされることなくそのまま計上されている。

真木の性格を思うと、サボったことを『やった』とは絶対に言わない。そしてやった上で見逃したとなるとそれはやはり――不正になるのではないか。

「どうした？」

真木が笑顔で問い掛けてくる。

「ああ、酒がもうないのか。しかしバランタインの三十年ものなんて、飲んだことなかった。お父さんに感謝だな」

明るく言いながら、真木がボトルを取り上げ、僕のグラスに注ごうとする。屈託のない笑顔を見た瞬間、僕の中で何かのスイッチが入ってしまった。

「先輩、今、納品書は一枚ずつチェックしてるって言いましたよね？　製品のダブりがないかまで、細かく見ていると」

「え？　ああ、言ったよ。どうした？　そんな追い詰められたみたいな顔して」

真木が不思議そうに僕の顔を覗き込む。追い詰められているんじゃない、追い詰めようとしているんだと僕は身を乗り出し、おかげで少し身体を引いた真木を真っ直ぐに見上げ、尚も問いかけた。

「本当に見てますね？　製造番号が同じものは今までなかったと、断言できますね？」

「どうしたんだ？　酔っ払ったか？　ああ、わかった。断言するよ。チェック機能としての役割をしっかり果たしている。これでいいか？」

面倒くさそうに真木が言い放つ。もし彼が嘘を言っているとしたら、罪悪感を抱くんじゃないかと思うのに、そんな様子は微塵もない。どうして、という憤りが腹の底から込み上げてきて、僕は思わず彼に訴えかけてしまった。

「本当ですね？　胸を張って言えますね？　僕にも、会社にも、誰に対しても。僕は、僕は真木先輩を心の底から信頼してます。嘘でもなんでもなく、先輩がいるからこの会社に入ったんです。だから……っ」

「ああ、もう、わかったよ。落ち着けって。飲み過ぎたんだよな？　そう言ってもらえて嬉しいよ。ありがとな」

真木の胸に、僕の言葉は少しも響いていないようだ。照れた様子をしつつも、軽くいなそうとする彼はもう、僕の知る彼ではないのだろうか。

正義感に溢れ、常に相手のことを考える。何が本当に人のために、社会のためになるかを見抜く目を持ち、それを実践する行動力も兼ね備えている。

誰より信頼できる、尊敬する先輩。その認識は誤っているというのか。

いやだ――激情といっていい感情が胸の底から沸き起こり、口から言葉が迸る。

「先輩、お願いです。本当のことを言ってください。先輩は不正を働いていますか？」

「まさか……って、え？　義人？」

何か言い返そうとしていた真木が、僕を見て唖然とした顔になる。

「泣くか？　ここで」

ぼそりと真木が告げたとおり、僕の両目からはそれこそ滝のような涙が溢れてしまっていた。

大人になってからこうも泣いたことはない。恥ずかしさは勿論感じていたが、涙をコントロールすることはできなかった。

「何があろうと信じたいんです。だから本当のことを言ってください。先輩、不正を働いていますか？　いませんよね？　働いているとしても何か理由があるんですよね？」

喋ろうとすると嗚咽が邪魔をする。泣きじゃくりながらなんとか問いを発している僕を前に、真木は困り果てた顔となっていた。

「お願いです……お願いです、先輩……っ」

不正など知らないと言ってほしかった。ふざけるなと怒られてもよかった。しかし今、彼は何も言い返すことなく、困ったように僕を見ている。

やはり、架空取引を見逃していたのか。僕の尊敬する先輩はもういないのか。涙は次々と込み上げてきて、喋るどころかしゃくりあげるせいで呼吸困難になってくる。

「先輩……っ」

お願いです。もしも本当に不正を犯しているのなら、潔くそれを認めてほしい。後悔し、自分を罰してほしい。いつしか子供のように泣きじゃくっていた僕の前で、真木が溜め息を漏らしたあと、少し張った声を上げる。

「……大門さん、もういいですよね？　これ以上、可愛い後輩を泣かせるのはさすがに忍びないんで」

「……え？」

なぜここで大門の名が？　意外すぎたせいで涙が止まっていた僕の目の前で、真木がスラックスのポケットからスマートフォンを取り出し、僕へと差し出してくる。

『まさか泣くとはね。いや、驚いた。君は愛されてるねえ、真木君』

「だ、大門さん……？」

スマートフォン越しに聞こえてきたのは、間違いなく大門の声だ。どうやら通話が繋がっているらしい。一体何が起こっているのかと、僕は未だ頬を濡らしていた己の涙を拭うのも忘れ、ただ呆然と座り込んでいた。

5

どうして真木が大門と通話をしているのか。頭の中が真っ白になってしまっていた僕の前では、真木が頭を掻いている。

「ごめん、騙すようなことをして。でもこれは義人を三課に迎え入れるための最終テストだったんだ」

「テ、テスト……？」

未だ理解できずにいた僕の耳に、スマートフォン越しに大門の声が響いてくる。

『そう。たとえ友人知人であっても、不正を働いていることがわかった場合は私情を挟まず摘発できるか。それをテストしたんだよ』

「……っ」

そうだ。大門からは決して真木本人に問い質すなと言われていた。僕の仕事はUSBメモリーを挿してくることだけだと、あれだけ指示されていたにもかかわらず、僕がしたことは、と真木を見る。

私情は挟みまくりだ。ということは、と、頭からサーッと血が引いていく。

「ふ……不合格……ですね、これは」

言われるまでもなく、と青ざめたまま僕はそう呟いていた。配属後にテストがあったとは。不合格の場合、僕の処遇はどうなるのだろう。異動か？　それともまさかクビ？　いや、さすがにクビはないと信じたい。いつしか俯いてしまっていた僕は、肩を叩かれ、はっとして顔を上げた。と、目の前の真木と目が合い、にっこりと微笑まれる。

「先輩……」

思わず呼びかけると真木は頷いたあと、僕にではなく手に持っていたスマートフォンに話しかけた。

「僕は充分、ほだされましたよ、大門さん。もし本当に不正を働いていたとしたら、今この瞬間にでも宗正君に告白していたと思います。本来の目的は達したということで、これで合格でいいですよね？」

『確かにあれじゃ、告白せざるを得ないよね。感動的だったよ』

大門の笑いを含んだ声がスマートフォンから響いてくる。

『ともあれ、話は明日だ。朝、コッチに顔を出せるかな？』

「はい。それでは明朝」

『お疲れ。宗正君もお疲れ。また明日』

通話は途切れ、室内には一瞬、沈黙が訪れる。

「ごめんな、本当に」

真木が罪悪感を滲ませた顔を僕の前で伏せる。真木と大門のやり取りからして、もしや、と僕は真木に詰め寄っていた。

「も、もしかして先輩も総務三課のメンバーなんですか？」

「ああ。発令ベースではないけれど、僕もコンプライアンス違反を摘発する仕事についている。大門課長の指示のもとでね」

真木はあっさり認めた。僕もまたその答えを予想していたのだが、本人の口から聞くとやはり驚愕しないではいられなかった。

「本当ですか？」

「嘘はつかないよ。それに義人を三課に推したのは僕なんだ」

「えっ。真木先輩が!?」

どういうことだと目を見開くと、

「まずは飲もう」

と真木は僕にグラスを手渡し、ウイスキーを注いでくれた。真木のグラスも空きそうになっていたので、僕が注ごうと手を伸ばしたが、「大丈夫」と自分で注ぐと、

「改めて、乾杯」

とグラスを差し出してくる。

「乾杯……」

唱和しつつも、なかなか思考が追いつかない。聞きたいことは山ほどあると、やはり

前のめりになりながら僕は真木に問い掛けた。

「先輩は入社時には海外インフラ事業部でしたよね？　いつから総務三課の仕事をするようになったんですか？　発令ベースではないのはなぜですか？　それから……っ」

「順番に答えるから」

落ち着いて、と真木が苦笑しつつ、話し始める。

「入社時の配属は義人の認識どおり、海外インフラ事業部だった。一年前、総務三課が発足するときに大門さんにスカウトされ、この一年はヘルスケア事業部の架空取引を追っている。発令ベースではないのは、ヘルスケア事業部や経理部に所属する必要があったから。中から不正を暴くためにね。でも僕の席はちゃんと総務三課にあったはずだよ」

「ありました。空席が一つ」

確かに三課には課員があと一人いると大門も言っていた。それが真木だったのかと納得する。

いや、正確には『課員』ではないのか。と、今の説明を頭の中で反芻していた僕に、真木が話しかけてくる。

「他に質問はあるかい？　クレームも聞くよ」

「クレーム？」

なんの、と素でわからず首を傾げると、真木が噴き出す。

「希望でない部署、しかも特殊すぎる部署に君を推薦したのは僕だとさっき言ったじゃないか。そのことに対するクレームだよ」

「あ、そうか」

勿論その発言は覚えていた。どうしてと疑問には思ったが、クレームを言おうという気にはまるでならなかった。

そうか、普通に考えればクレームを言うようなことだった、と今更気づいた僕を見て、またも真木は噴き出す。

「義人はやっぱりいい奴だな。真っ直ぐでハートフルで。だからこそ、一緒に働きたかった。一緒にこの会社を正していきたかったんだ」

最初、笑っていた真木の顔は、今や真剣になっていた。口調にも熱がこもってくる。

「入社して間もなく、この会社の闇の深さに気づいた。辞めようかと考えていたときに、大門さんに総務三課に誘ってもらった。コンプライアンス違反を撲滅し、会社をまっとうにする――簡単にできることじゃないとは勿論わかっているし、それなりにリスクを伴うことも承知していたが、それでもやりたいと思った。今いる社員のためにも、そしてこれから入社してくる学生のためにも」

真木が真っ直ぐに僕を見つめ、訴えかけてくる。

「新入社員を一人、総務三課に配属させようという話になったとき、真っ先に頭に浮かんだのが義人だったんだ。それで推薦した。義人だったら心から信頼できるし、志を同じくして働けると思ったから。しかし、義人が本来送れるはずだった、当たり前の商社パーソンとしての会社生活を奪うことに対しては罪悪感を覚えていたんだ。申し訳なかった」

目の前で頭を下げられ、彼の話に没頭してしまっていた僕は、はっと我に返った。

「あ、謝らないでください！　今の話、嬉しさしかありませんでしたから！」

これは僕の本心だった。僕にとっては、真木は尊敬する先輩であり、心酔しているといっても過言ではなかったが、まさか真木から見た僕も、彼の信頼に値していたとは、と、感動していたのだ。

「本当？」

真木が安堵した顔になりつつ、無理はしていないかというように問うてくる。

「本心です！　真木先輩を騙してパソコンにＵＳＢメモリーを挿してくる業務を命じられたときは本当につらかったんですが、共に会社をよくしていく仕事ができるとわかった今となっては、やり甲斐しかありません！」

自分でも嬉しさのあまり声が弾んでいるのがわかる。顔もいわゆる『満面の笑み』状態となっているんだろう。真木が安心したように笑い、僕にグラスを掲げてみせる。

「よかったよ。本当に、これから頑張ろう」

「はい！」

乾杯、とグラスを合わせ、口へと運ぶ。

「これ、大門さんや桐生さんにも残しておいたほうがいいな。きっと二人も飲みたいだろうから」

「三条さんがくれたんです。お店でもらったそうで」

「彼女はアルコールよりスイーツ派なんだ。お礼に明日、いちご大福でも買っていくよ」

会話は弾み、楽しさと嬉しさが胸に溢れる。真木が不正を働いている疑いがあると聞いたときの絶望感からの反動だろうかと、浮かれていることを充分自覚しつつ僕は、これからの会社生活の充実を予測し、ますます胸を膨らませていったのだった。

翌朝、少々飲み過ぎたかもと反省しながら僕は同期たちと一緒に寮を出て、早い時間に地下三階へと向かった。

「おはよう」

昨日は無人だったが、今日は先に真木が来ている。食堂でも顔を合わせなかったが、一体何時に来たのだろうかと思いつつ、昨日の礼を言っているところにドアが開き、大門と桐生がやってきた。

「おはよう。この時間はキツいわ」

桐生が眠そうな顔で言う横で、大門も「確かに」と笑っている。

「どうしたんですか？」

会議の予定などあったっけ？　と不思議に思っていると、桐生が恨みがましい目で真木を睨んだ。

「真木から招集がかかったんだよ。調査の報告をしたいって。確かに日中、真木は席を外すことはできないだろうけど、にしても八時集合って。早すぎ」

自分には連絡がなかったが、と考えたのがわかったのか、問うより前に真木が、

「義人は早く来ることがわかっていたからね」

と笑顔を向けてくる。

「そうだったんですね」

「俺は遅く来ることがわかってるだろうにさあ」

ああ、眠いと欠伸をする桐生を僕は見るともなしに見ていたのだが、視線に気づいたのか彼が僕を見て、にや、と笑う。

「『何があろうと信じたいんです。だから本当のことを言ってください』……真木、愛されてるじゃん。号泣だったもんね」

「……え？……あ！」

何を言っているのか、最初わからなかった。が、昨日、僕が真木の部屋で彼を前に泣きながら訴えかけた言葉かと気づき、思わず声を上げる。

それを知っているということは、と僕はつい、桐生を問い詰めてしまった。

「桐生さんも聞いてたんですね？　大門さんと同じく」

「聞いてた聞いてた。宗正君はピュアだねと大門さんと盛り上がってた」

からかっていることを隠しもしない様子で桐生がそう言い、僕を見てまた笑う。

「……なんとでも言ってください」

酒が入っていたからとはいえ、号泣したのは恥ずかしい。が、真木が不正など働いていなかった上、自分を信頼していると言ってくれた嬉しさのほうが大きいと、僕は桐生の揶揄を広い心で流すことにした。

「せっかく早く来たんだ。本題に入ろう」

大門の号令で僕らは秘密の会議室へと向かう。真木は会社のパソコンを持ち込んでいたが、それをディスプレイに繋ぐと画面を共有しつつ報告を始めた。

「前回報告した納品書のダブりについて、小池経理課長に報告しましたが、予想どおり握り潰されました。それで昨日チーム会で、在庫チェックをしたほうがいいのではないかと皆の前で発言したところ、課長が自ら行くと手を挙げました。どう考えても小池課長が不正に絡んでいるようです」

「派手にやったね。目をつけられたんじゃないかな」

大門が苦笑し告げるのに、

「そろそろ潮時かと思いまして」

と真木が頷く。

「納品書の不正を指摘したあとに、担当替えがありました。今、引き継ぎの最中ですが、引き継ぐ相手は新人で、課長が上で見ることになってます」

「課長だけでなく部長もわかってやっているという認識だが、どうだろう？」

「証拠が集まりません。ことが発覚しても、責任を追及できるのは課長までですね、今のところ。それで棚卸しを提案したんですが……」

「実地棚卸しの承認は部長、本部長まで回付される。知らないではすまされなくなるからね」

理解できている？　と、桐生が僕にこそりと囁く。

「はい、なんとか」

経理関連の規定は頭に叩き込んである。とはいえ在庫棚卸しの具体的なやり方などはわかっていなかった。

「営業のほうを揺さぶるか。または棚卸しに無理やり同行し証拠を摑むか……少し考えよう」

大門の表情は硬い。が、すぐに笑みを浮かべると、真木に向かって口を開いた。

「伝票を計上した事務職や担当者に、経理担当が正義感から話を聞きに行くというのはアリだと思うが、どうかな？」

「関与は薄そうですが、早速コンタクトをとってみます」

真木が頷いたのを機に、大門と桐生が席を立つ。

「あくまでも『揺さぶり』程度にしておこう。無茶はしないように」

慌てて立ち上がった僕の前で、大門がぽんと真木の肩を叩く。

「わかりました」

真木は頷くと、「それじゃ、部署に戻ります」と声をかけ、先に会議室を出ていった。

「架空取引が明らかになった場合、当社の格付けはまた下がるな」

やれやれ、と大門が溜め息をつく。

「しかも、課長一人に責任を負わせるんでしょうねえ。また自殺しなきゃいいけど」

桐生の言葉に、ぎょっとする。

「二人目はさすがにないと信じたいよね」

大門が更にぎょっとするようなことを言ったあと、「ああ、そうだ」と僕へと視線を向けた。

「役員は勿論、部長の顔と名前を覚えておくようにね。役員は経歴書がホームページで見られるから、それも頭に叩き込むように」

「わ……かりました」

役員は何人いるんだったか。入社式で挨拶をした社長の顔と名前くらいはなんとか覚えているが、他の役員に関しては人事担当の専務くらいしか記憶にない。

「創業者一族と関連がある人物については、こっちで作ったリストをあとで渡すよ。ともかく、顔と名前を一致させること。わかったかい？」

「はい」

記憶力に自信はないが、覚えるしかない。事務用品の補充でフロアを回りながら、ひな壇に座る部長をチェックすることにしよう。昨日以上にやる気が漲っているのは、真木も頑張っているのを目の当たりにしたからだ。

真木が僕を推薦してくれたというのも嬉しかった。会社の闇を、不正を暴き、コンプライアンス違反の撲滅を目指す。今年入社の自分に何ができるのかと思っていた部分が正直あった。しかし今は違う。できるかできないかではなく『やる』。勿論、今の自分はあまりに未熟で、皆の足を引っ張らないかと、それは未だに心配ではある。だが、新人であることを理由にはせず、未熟なら一日も早い成長を目指すべきだという自覚が芽生えたのだ。

努力と根性なら幸いなことに備わっている。よし、頑張るぞと一人拳を握り締めると僕は、まずは役員と部長の顔と名前を一致させるべく、各フロアへの事務用品補充に向かったのだった。

フロアを回る前に座席表をチェックしてから、事務用品のストックスペースに行き、補充をする。できるだけ愛想よく挨拶をし、通りかかった事務職や若手と会話を試みようとするが、やはり挨拶以上の言葉を交わすことはなかなかできなかった。

トークスキルを磨きたい。しかし焦りは禁物だ。桐生だってそれなりに時間がかかったと言っていたじゃないか。あまりぐいぐい話しかけると逆効果だ。まずは顔を覚えてもらい、話しかけやすい雰囲気を作っていこう――とはいえどうすればそんな雰囲気になるのかといわれると、これ、というアイデアは浮かばないのだが。取り敢えずは笑顔、そして、雑務であっても真面目にくさらずやってますよと態度で示し、好感度を上げていこうと、自分なりに目標を定め、各フロアを回っていった。

部長の顔もチェックしつつ、常に笑顔、そして作業も迅速、かつ丁寧に、となると、やはり疲れる。部長の顔もちゃんと覚えているか不安になり、荷物用エレベーターを待つ間に必死で記憶を呼び起こす。各フロアには部長が五、六人いるので、どっちの部長だったかなと混乱してしまう。やはり一日で覚えられる人数には限りがある上、自分の上限は思ったより少ないことをいやでも自覚し、己の記憶力の貧弱さを恨めしく思った。落ち込みそうになるが、そんな暇はないと自分に言い聞かせ、フロアを回っていく。法務部のフロアで僕は、前に話しかけてくれた同期の清永がちょうど事務用品を取りにきたので声をかけた。

「お疲れ」

「……あ、お疲れ」

清永は、はっと我に返ったような顔になったあと、笑みを浮かべ挨拶を返してくれたのだが、笑顔が引き攣っているように見える。それに顔色もあまりよくないような、と

気になり、

「どうした？」

と問い掛けてみた。

「え？」

「いや、具合悪そうに見えたから」

戸惑った表情になったので言葉を足すと、清永は「ああ」と、何を問われたのかわかったという顔になる。

「指導員が部長に怒られるところを延々見せられたんだよ。ウチの部長、ちょっとパワハラの傾向があるんじゃないかと思うんだ」

周りに誰もいなかったからだろう、それでも充分潜めた声で清永が告げた言葉を聞き、鼓動が跳ね上がる。

パワハラ。まさにコンプライアンス違反じゃないか。もっと話が聞きたいと思うも、

「あ、今の話は内緒な。それじゃ」

と清永は小声でそう言うと、そそくさとその場を立ち去っていった。慌てて呼び止めようとしたが、ちょうど事務用品を取りに来た人がいたので、話を長引かせまいとしたのだろう。聞かれるのがマズいと思ったのだとすると、この人も法務部なんだろうかと、見るとはなしに顔を見る。

「君が総務三課に配属になった新人君？」

僕が見ていたからか、三十代半ばに見えるその人が笑顔で声をかけてくれた。

「あ、はい！　宗正です。よろしくお願いします」

慌てて姿勢を正し、挨拶をする。

「元気がいいね。僕は法務の金子。今、君が話してた清永君と同じチームなんだ」

「そうだったんですね」

同じチームの人なら尚更、聞かれるわけにはいかなかったんだろう。納得していた僕に金子と名乗った彼は、

「それじゃ、頑張って。不満があったらスピークアップしていいからね」

と笑顔のまま僕の肩を叩くと、事務用品が入った引き出しから付箋を一つ取り離れていった。席に戻ったようだ。

スピークアップって確か、セクハラやパワハラを申告する制度じゃなかっただろうか。今の部署ではセクハラは勿論、パワハラを感じたことなど一度もない。ならなぜ、と考え、配属に不満があると思ったのか、とすぐに答えを見つけた。

普通に考えれば、雑務しかない部署に、営業希望だった新人が配属になったら不満を持つ。その不満をぶつける場所をわざわざ教えてくれたのだ。

親切な人だなと改めて僕は金子に感謝の念を抱いた。笑顔が温かく、優しい人柄を物語っているように見えた。彼と同じチームに配属された清永はラッキーなんじゃないか。部長のパワハラについても相談できるといいなと彼のために祈りながら、その後もフロ

アを回り、頑張って部長の顔と名前を覚えることに尽力した。

各フロアに時間をかけすぎたため、午前中では半分くらいしか回れず、昼休みも続けることにした。勤務時間中より雑談をしやすかろうと考えたのだが、狙いは当たり、同期の事務職の数名から、声をかけてもらうことができた。

とはいえ、大抵が『大変ね』という僕への同情の声で、彼女たち自身の話を聞くことはなかなかできなかった。それに、同情に対し、どういうリアクションを取ればいいかも迷いどころで、上手い返しができなかったのも、会話が続かなかった理由の一つだ。

リアクションについては、桐生に相談してみよう。彼の茶髪はもしや、総務三課に配属されるための理由付けだったのではないかと気づいたのだ。縁故入社という噂も、もしかしたら本人が立てたのかもしれない。同じ手を使うことはできないだろうから、僕は僕なりの『理由』を考えないといけないなと覚悟しつつ、地下三階に戻ったときには既に二時を回っていた。

「お昼、食べてないんじゃない?」

席につくと早速大門がそう問い掛けてきた。

「はい、でもそんなに腹、減ってないので」

記憶力を極限まで働かせようとしたからだろうか。食欲はあまり感じていなかった。身体はそうでもないはずなのに、頭脳の疲労感が半端ない。だから空腹を覚えないのだろう。

「駄目だよ。休憩も食事もちゃんととらなきゃ」

大門が厳しい目で僕を睨む。

「身体が資本だからね。無理をしてもいいことは一つもない。効率も上がらないから。とにかく、これから一時間、休んでくるといい。ああ、そうだ」

と、ここで大門が何か思いついた声を上げたかと思うと、視線を三条へと向けた。

「三条さんも休憩とってないでしょう。宗正君を食事に連れていってくれない？」

「いやです」

僕も別に、三条とどうしてもランチに行きたいと願っていたわけではない。しかし即答といっていい速さ、かつ、取り付く島もないほどきっぱりとした口調で断られると、さすがに凹んだ。

「そう言わずに」

大門のフォローを三条が尚もきっぱり切り捨てる。

「休憩時間にはゲームをやりたいので」

「リアル男子もたまにはよくない？」

「よくないです」

「あの、一人で行ってきます」

ラリーよろしく大門と三条が言い合うのを見かねて僕は、二人にそう声をかけた。

「他意はないんだよ。三条さんは本当にゲームするのが好きなんだ」

気を遣ってくれたのか、傍にいた桐生が僕に声をかけてくれる。

「そのとおりです」

三条はきっぱりとそう言うと、机の下に置いた鞄の中からランチボックスと携帯ゲーム機を取り出す。

「一時間休憩します」

そう言い放つとまずはランチボックスを開け、続いてゲーム機の電源を入れた。サンドイッチをつまみながらゲームを始めた彼女の様子は堂に入っていて、いつもこんな感じなのだろうと納得する。

「この時間ならどこでも空いてるだろうし、食べたあとは散歩でもして気分転換を図るといいよ。ああ、何か気になることはあった？」

送り出してくれようとした大門が、ふと思いついたように問うてくる。報告することといえば、と、記憶の片隅に押しやられていた清永に聞いた話を、一応伝えておくことにした。

「法務に配属された同期が、部長の叱責がパワハラっぽいと言ってました」

「戸川部長ね。前からその傾向はあったんだよね」

「えっ」

さらりと大門に返され、驚いたせいで声が大きくなる。

「一人をターゲットにして叱責しまくるんだ。部内の緊張感を保つためというんだけど、ターゲットにされたほうはたまらないよね。さすが法務部長だけあって、パワハラ認定されないよう、さじ加減は心得ているのが悪質なんだよ。しかも打たれ強い人間を狙ってもいる。単なるストレス発散だと思うんだよね、僕は」

「パワハラにはならないんですか？」

自身のストレス発散のために部下を叱っているのなら、と問いかけると、

「そうならないよう、本人が気をつけているからねえ」

と大門が難しい顔になる。

「叱ったあとには、それだけ目をかけているんだとフォローを入れるし、評価も高くつける。それで問題にはならないんだけど、だからといって放置していいのかということだよね」

「難しいですね……」

解決法はあるのだろうか。相槌を打った僕に大門は「本当にね」と頷くと、

「ああ、ごめん、休憩にいっていいよ」

と送り出してくれた。

部長の顔と名前を覚える作業で、自身のメモリーが上限に達している自覚があったこともあり、大門に言われたとおり食事のあとは散歩でもしようと思いながらビルの外に出る。

初日に奢ってもらった担々麺が美味しかったと思い出し、その店にいってみる。空い

た店で担々麺を食べたあとは、会社の周りを歩いてみることにした。

今日は天気もいいので散歩に適している。この時間にぶらぶらしているとサボっていると思われたりして、とふと心配になったが、思われたところで特に影響ないかとすぐに割り切ることができた。

僕がサボっていると総務三課に報告する人間はまあ、そうそういないだろうが、もし通報されたとしても、上司である大門は僕が今昼休み中だということを知っている。通報されたところで問題ないのだ。

一人で不安になり、一人で安堵する。ちょっと馬鹿みたいかもと反省したとき、視界の先に僕は見知った顔を見出した。

大勢の顔を覚えようとしたせいで、一瞬、誰だかわからず、首を傾げたあとすぐに答えを見つける。

今、地下鉄への入り口を降りつつあるのは、法務で声をかけてくれた金子だった。部下と思しき若い社員を連れていた。清永ではない。一年上の先輩かなと、なんとなく二人の姿を見ていたのだが、表情の暗い部下に金子が明るく声をかけている様子に、温かな気持ちになった。もしかしてあの若手が、今、部長の叱責のターゲットにされている人なのではないだろうか。金子は落ち込む彼をフォローしようとしているのでは。想像でしかないが、なんとなく正解の気がした。

まだ三十分も経っていなかったが、今見た二人について報告しようと思い立ち、会社に戻ることにした。そうだ、コーヒーを買っていこうと、地下二階のカフェに寄ると、客は誰もおらず、光田がカウンター内で退屈そうな顔で立っていた。

「こんにちは」

「いらっしゃいませ。アイスコーヒー？」

愛想はないが、僕の注文は覚えてくれているようだ。

「今日はホットにします。本日のブレンド、ショートで」

「ウチはSMLなの。Sね」

ここから出すので待ってて、と言い置き、背中を向けてコーヒーを淹れ始める。早朝から勤めているかと思うが、何時から何時までの勤務なんだろう。待っている客もいないのでそれを聞いてみる。

「光田さん、早朝からお店にいますよね。何時までなんですか？」

「今日は三時まで。早出のときは三時、遅出のときは六時まで」

「あ、ぎりぎりのタイミングだったんですね」

あと二十分ほどで三時だ。そもそも彼女は学生なんだろうか。それともカフェの社員？　このカフェは会社直営の店なんだろうか。社員食堂と同じ会社？　実は社員食堂が会社にとってどういう位置付けなのかもよくわかっていない。

あとで大門か桐生に聞いてみよう。そう思いながらコーヒーを受け取ろうとすると、光田が物言いたげな顔になっているのに気づいた。

「ありがとうございます……？」

「もしかして事務用品の配達やってます？」

「はい？　やってますけど」

　それが何かと問うた僕は、潜めた声で告げられた光田の答えに青ざめることとなった。

「挙動不審って言われてたから。ブツブツ何か喋りながら、周囲をキョロキョロ見回してるって。誰かと喋りたいんじゃないか、あの新人メンタル大丈夫かって結構な噂になってる」

「う、うそ……」

　誰も自分のことなど見ていないだろうと思っていたのに、注目を集めていたなんて。ショックのあまりそう呟いてしまうと、光田がむっとした顔になる。

「あ、いや、信じてないわけじゃなくて、信じたくないっていうかその……」

　落ち込む、と項垂れた僕を前に、光田がやれやれという顔になる。

「ストレスためないように。この会社、確かカウンセリングセンターがあるって聞いたことがある。早めに行ってみたほうがいいかも」

「あ……りがとうございます」

　どうやら光田は僕のおかしな行動の原因を、配属への不満を募らせたためと勘違いしているようだ。本来の目的に気づかれなくて本当によかったと安堵しつつ、心配されるのも申し訳ない、と頭を下げる。

「ぼちぼちがんばって」

いろんな感情がないまぜになったせいで、表情が曇っているように見えたのか、光田はそんな優しいことを言い、コーヒーを手渡してくれた。

職場に戻ると、桐生はすぐに僕の落ち込みに気づいたようで、

「どうした？」

と声をかけてくれたが、僕が光田に言われた内容を明かすと、「ウケる」とゲラゲラ笑い出した。

「光田ちゃんと仲良くなっててよかったじゃん。まあ、やり過ぎは禁物ってことだよ。時間はたっぷりあるんだから、リラックス、リラックス」

「……はい。怪しまれないように努めます……」

どんなに笑われても仕方がない。反省しきりだった僕に横から大門が声をかけてくる。

「ところで、まだ休み時間が残ってると思うけど？」

「あ、すみません。実は……」

落ち込みから脱してはいなかったが、報告はしておこうと、金子が部下をフォローしていたと思われるところを見かけたと二人に告げた。

「金子部長付か」

大門が呟くように名前を繰り返す。

「今日、フロアで僕にも声をかけてくれました。配属が不満だったらスピークアップ窓

口に話をしにいってはどうかと」

「それ、初耳だけど」

と、桐生が突っ込みを入れてくる。いつものおちゃらけた感じとは違う口調に違和感を覚え顔を見やると、彼の眉間にはくっきり縦皺が寄っていた。

「報告するかしないかを自分で選択する段階じゃまだないからね。これから一週間は毎日、何があろうと自分が見聞きしたこと、自分の身にあったことを報告すること。いいね？」

「す、すみません」

思わぬ厳しい叱責に動揺する。すべてを報告しなかったことがよくないとはわかった。理由までには理解が追いついていなかったものの、慌てて詫びた僕を見て、大門がまた、やれやれというように溜め息をついた。

「桐生君の指導が甘かったんじゃないか？」

「それはないです！」

大門の言葉は僕へのフォローかと思ったが、仕事を果たせなかったのは自分だ。桐生の叱責ぶりからして、とんでもないことをしてしまったのだろう。それを人のせいにするわけにはいかない、と咄嗟に大門に言い返す。

「性格がいいね、宗正君は」

大門が苦笑しそう言うのに、世辞なのか揶揄なのかわからなかったので「そうでもないです」と答えると、彼も桐生も噴き出した。

「そうでもあるよ」

「確かに、俺の指導が甘かった。悪い。なのにキツい言い方して」

二人に笑顔で声をかけられ、なんだか恐縮してしまう。それで「すみません」と再度頭を下げると、大門が説明を始める。

「金子部長付も『一族』なんだよ。社長の母方の従兄弟だ。イケメンだし人当たりはいいしで、随分とモテるが、三十五歳の今も独身。だからモテるというのもあるだろうね」

「なるほど……」

確かにモテそうだが、独身というのは意外だった。というのも、商社マンは結婚が早いと聞いていたからだ。そして離婚率も高いと聞いたことも思い出し、つい、大門を見てしまう。僕の考えていることはやはり彼にはお見通しで、

「因みに金子は一度も結婚したことがないよ」

と言葉を足されてしまった。

「す、すみません」

「謝ることはない。ともかく、『一族』だけに我々の注目度は高いんだ。なのでいいことも悪いことも報告してほしい。さっき君のスマホに一族リストを送っておいたから」

準備が遅れてごめんねと謝られ「いえそんな」と恐縮しつつ慌ててスマートフォンをポケットから取り出す。確かにメールが届いていて、添付ファイルを開くとずらりと名

前が並んでいた。

「社内にいる一族は二十五名。如月姓は社長の父方の親戚、その他の姓は母方の親戚と、あとは社長の娘の夫だ。二ページ目からはそれぞれの経歴書になってるから」

説明を受け、わかりましたと返事をして読みはじめる。役員の中には八名いる。金子の名は下のほうにあったから、社長の従兄弟とはいえ関係は薄いのかもしれない。

にしても、経営陣の八名もが創業者一族とは。同族会社という認識はあったが、そこまで深く調べたわけではないので、今知って驚いている。だから学生人気が同業他社より低いのかも、と、本当に今更な気づきをしているうちに、ようやく金子のページに行き着いた。

出身大学が同じだ。入社してからずっと法務部で、間に二年間米国留学をし、アメリカの弁護士の資格をとっている。すごいなと感心していた僕に、桐生が声をかけてくる。

「休憩時間が終わったら会議を始めるって」

「あ、すみません！」

読み込んでいるうちにいつの間にか時間が経っていたようだ。慌てて立ち上がると大門は、

「休んでるようには見えなかったけどね」

と苦笑しつつもいつものようにキャビネットへと向かった。桐生と僕も彼に続いて中に入る。

会議の議題は、自動車六部の接待費についてだった。今日、一枚目の請求書が回付されたという。

「今回のは、同じ日の山内産業との接待の二次会ということで回付している。それ自体が嘘なので指摘もできるが、やはり二枚目の請求書の精算を待ったほうが確実だからね。あとは水野部長が関与しているか否かも確かめたい。前回、部長は先に帰っていたが、私用会食の接待費での精算は部長も知っていたという証拠を摑みたいんだ」

そこまで喋ると大門は一旦口を閉ざしたあと、桐生と僕を見据え再び口を開いた。

「今日、水野部長が参加する接待がある。前回同様、一次会から二次会への流れを桐生君と宗正君で追ってほしい」

「了解っす」

「三条さんはまたお店に出るんですか？」

この間、もう終わりのようなことを言っていたが、と思い出し、聞いてみる。

「いや、彼女はもうあの店は辞めている。長く勤めて店側に素性が知られたらことだからね。土屋課長の愛人もいるし」

「水野部長にも愛人はいそうなんだよね。清掃の人たちの噂だと」

と、桐生が思いもかけないことを言い出したので、つい驚きの声を上げてしまった。

「部長にも愛人が？　部長って社長の次女の夫じゃなかったでしたっけ」

「喫煙ブースで電話をしているのを聞いたんだって。清掃の人は目に入ってないんだろうな、彼には。電話の内容は愛人を旅行に誘っているものだったらしいよ」

桐生が教えてくれたあとに肩を竦めてみせる。

「そういう態度取られると、清掃の人の口も軽くなるよね」

「逆に評判がいい人はいる？」

と、大門が桐生に問い掛け、桐生は少し考える素振りをしたあと、

「社長かな」

と答え、またも僕を驚かせた。

「通りがかりに挨拶をしてくれると、みんな嬉しそうでしたよ。相手が社長だから嬉しさ倍増って感じなんだろうけど」

「社長はその辺のパフォーマンスが上手いからね」

大門は何か思うところがあるのか、そんな棘のある褒め方をする。と、桐生が何かを思い出した顔になり、「あ」と声を漏らした。

「どうした？」

「亡くなった海外不動産部長のことは皆、いい人だったと言ってたなと思い出して」

大門の問いに桐生がいつになく真面目な顔で答える。

「やはり傍を通るときには必ず挨拶してくれたそうです。おばさんの一人は泣いてましたよ。可哀想だったたって」

「実際、『可哀想』だったんだと思うよ。自分一人に罪をおっかぶされて」

大門もまた真剣な表情となっている。ということはやはり、と僕は推察したことの確認を得るため二人に問い掛けた。

「やはりあれは会社ぐるみだったってことですか？　世間で言われているとおり」

「証拠はないが、彼一人の判断で行われたことだとするには無理があるよね」

大門が答える横で桐生が、

「どう考えても会社ぐるみだろ」

と断定する。

「その件は調べないんですか？」

世間の評判はともかく、現状では海外不動産部長が被疑者死亡のまま書類送検され、罪人扱いとなってしまっている。家族もやりきれないのではと思い問いかけると、大門と桐生は顔を見合わせたあと、二人して頷き合った。

「調べているよ、勿論」

「人一人、亡くなってるから。ちょっとやそっとじゃ探れないだろうけど、諦めるつもりはないし」

二人とも、声に熱意がこもっている。

「そのためにも、一族経営の闇に紛れている悪を炙り出そうとしているんだ。水野部長もその一人となる。愛人がいるというのなら金の流れも気になるし、とにかく、今日は彼の動向をしっかり見届けてほしい」

「はい！」

大門の指示に、溢れるやる気のまま返事をした僕を、桐生が苦笑しつつ窘めてくる。

「まずはリラックス。はりきると目立つから」

「……はい。気をつけます……」

実際、部長の顔と名前を一致させようとして、酷く目立ってしまっていた。過ちを繰り返さないようにしなくては。一人決意していた僕の肩を、大門がぽんと叩く。

「ほら、また力が入ってる」

「あ」

確かに。気づいて赤面する僕を見て、二人が笑い声を上げる。

「リラックスしていこうぜ」

「今日すぐ結果を出そうなんて思わなくていいから。焦らずいこう」

桐生と大門、それぞれが気を遣った言葉をかけてくれる。

「がんばります……！」

確かに、一日でなんとかなるような仕事ではないのだ。頭ではわかっていたが、すぐにも結果を、と自分でも意識しない間に焦っていたのかもしれない。まずは気持ちを切り換えねば。今の僕はあまりに知識も実力も足りていない。一日も早く一人前になる。そのために何をしたらいいのか、皆に聞くし、自分でも考える。考えたことはすぐに相談し、正しいか否かを判断してもらう。

総務三課の裏の仕事は、僅かな失敗でも、取り返しのつかないことになるものではないかと思う。だからこそ、一日も早く知識と実力を身につけねばならない。

よし、と拳を握り締めた直後、また力が入ってしまっていると反省する。

「百面相、面白いんだけど」

全部顔に出ていたのか、桐生に笑われ、またも赤面してしまいながらも、今日は絶対桐生の足を引っ張ることはするまいと己に誓ったのだった。

6

その後、二週間があっという間に過ぎた。ようやく役員の顔を覚え、部長も九割がた、顔と名前を一致させることができるようになった。残りの一割は、海外出張中だったり、あまり席にいることがない部長たちなので、焦らずコンプを目指そうと思っている。

毎日フロアを巡るうちに、少しずつだが事務職や若手と話ができるようになってきた。まずは挨拶かと、近くを通る彼ら、彼女たちに明るく『おはようございます』と挨拶するようにしていたら、会話が生まれ始めたのだ。

「宗正君、偉いよね。いつも明るくて。私もそうしなきゃって思うんだけどさあ」

つらい、と零す人もいれば、

「桐生さんって、実は御曹司ってホント？　ウチは腰掛けだって聞いたんだけど」

と桐生の情報を集めようとする者もいると話題は色々で、一体どういう返しが正解なのか、戸惑いながらもなんとか会話のキャッチボールを続けるという術を学びつつある。

カフェの光田や清掃員の皆さんとも、より話せるようになった。清掃員たちの顔と名前は早い段階で一致した。清掃の時間と事務用品を各フロアに補充する時間が同じなので、必ずといっていいほど、エレベーターで遭遇するのだ。

おそらくそれを狙って同じ時間にしているのだろう。桐生がいい関係を築いてくれていたのと、あとは僕が新人だからか、清掃員のおじさんおばさん、皆が親しく声をかけてくれる。

「情報収集をするだけじゃ駄目だよ。彼らの要望はちゃんと聞くこと。たとえばゴミはきちんと分別してほしいという意見が出たら、社内通達を出すと約束するとかね」

あらかじめ桐生からそう指導されていたので、いい関係を保てている。そういえば初日に聞いた、禁煙なのにこっそり煙草を吸い、吸い殻をゴミ箱に捨てた犯人は本当に佐伯部長だった。火災発生の危険があるからと防犯カメラの映像を総務三課でチェックした結果、佐伯部長が吸い殻をゴミ箱に捨てている映像が残っていた。部長には直接総務部長から注意がいったが、本人以外にはこの件は知られないようにという配慮がなされた。部長としての立場がなくなるから、ということなのかもしれない。

例の私用の飲み会を接待費で精算しようとした自動車六部の土屋課長だが、一昨日、ようやく二枚目の請求書の精算を回付した。

彼が選んだ接待先は、ふた月前の接待の二次会で、やはり相手先は山内産業だった。これで証拠はそろったということで、まとめた報告書を大門がどこかに提出したのが昨日のこと。今日、土屋課長と加藤主任、二人に降格の懲戒処分が下ったのを、今、イントラで見つけたところだ。

二人の上司である水野部長については、証拠が摑めなかった。以前、桐生と僕が見張りにいった接待でも、部長は一次会で帰っていたし、電話で旅行の相談をしていたという愛人についての情報も得られていない。

「てっきり水野部長の尻尾を摑むまで、彼らは泳がせておくのかと思いましたよ」

桐生が意外そうに大門にそう告げる。

「僕もそのつもりだったんだけどね」

肩を竦める大門に僕はつい、

「なぜそうしなかったんですか？」

と聞いてしまった。

「上の判断だよ」

「上というのは？」

この組織を作った人だろうか。それが誰なのか、未だ僕は説明を受けていなかった。

「間もなく、顔を合わせることになると思う」

申し訳なさそうな表情をした大門にそう言われ、まだその『上』の人には信頼されていないのだろうかと落ち込む。

だが、信頼されないのも当然かもしれない。まだ僕は一つも成果を上げられていない。信頼してほしければ、それなりの結果を出せということなんだろう。

「うーん、そういうわけじゃないんだよ」

大門はまた僕の心を読んだらしく、ますます困った顔になっている。と、そのとき大門のスマートフォンに着信があったようで、

「ちょっとごめん」

と僕に断り、応対に出る。

「どうした？　ああ、わかった。待ってる」

誰からなんだろうと考えていた僕の横から桐生が、電話を切った大門に問い掛ける。

「真木ですか？　いよいよ摘発できる証拠を摑んだのかな」

「そのようだね」

二人の会話を聞き、そういうことか、と納得するも、なぜ自分は予想できなかったのかと同時に落ち込みそうになる。しかし、また大門に気づかれた上でフォローさせては申し訳ないと気持ちを切り換え、一体どんな『証拠』なんだろうと考え始めた。

約五分後、真木が来ると、彼と大門、桐生、そして僕は秘密の会議室へと向かった。三条がいつも入らないのは、誰か来たときの見張りのためとのことだった。

「架空取引の証拠を摑んだんだね？」

大門の問いに真木は「はい」と頷き（うなず）ポケットからスマートフォンを取り出す。

「ただ、これで摘発できるのは経理の小池課長のみとなりそうです。営業部長も経理部長も関与していると思われるのですが」

そう告げたあと、真木がスマートフォンを操作し、音声を流す。

『伝票を計上した営業部の担当に話を聞きにいきました。確証の納品書を見せたところ、確かに製造番号が同じであることを確認し、メーカーに問い合わせた結果、別の製造番号が入った納品書が届きました』

『真木君、君はもうこのチームの担当を外れたはずだ』

経理課長は居丈高という表現がぴったりの喋り方をしていた。

『二ヶ月も続けて同じ納品書が届いたことがどうしても気になってしまって』

『自分の仕事でもないのに気にする必要はない。それに新しい納品書が来たなら問題ないだろう』

『この注射針は本当に納品されたんでしょうか。納品先にチェックしに行ったほうがよくないですか？』

『くどいよ。君が気にする必要はない』

『棚卸しはいつ行かれるんですか？　同行させてもらえないでしょうか』

『だから！　君はもう担当じゃない。仕事に戻りなさい。ああ、それから、この件は部内は勿論、余所の部署でも話すんじゃないぞ。誤解を生みかねない。そもそも君はウチのチームに来てまだ三ヶ月だ。経理のイロハもまだ学べてないだろう。まずは先輩について学ぶこと。荒木部長付の下できっちり学んだあと、疑問が出てくれば言ってくるといい』

話は終わりだ、と課長が部屋を出ていく。

「荒木というのは山田部長の子飼いです。おそらく架空取引についても知っています」

「課長は明らかに揉み消そうとしているけれど、証拠というには弱いなあ」

大門の言葉に真木が「ですよね」と頷いたあと、再びスマートフォンを操作し音声を流す。

『あ、私です。例の真木がまた納品書のことを言ってきまして……はい。メーカーには新しい納品書を提出させましたので、現状としては問題ないかと。しかし、深く物事を考えられず、上に従順ということで経理に送り込まれてきたというのに、とんだ見込み違いではないかと。対処策を考える必要がありそうです……はい。スピークアップについては社内のことなので既に対応はお願いしていますが、個人SNSで内部告発でもされたら面倒なことになりますので』

「会議室にボイスレコーダーを仕込んだままにしておいたんです。読みどおり、人目を気にした課長は会議室に戻ってきて電話をかけました。その録音です」

「これは確かに証拠になるね。電話の相手については？」

大門の問いに真木が残念そうに首を横に振る。

「意識してるとは思わないのですが、一度も呼びかけませんでした。部長ではないかと思いますが確証はありません」

「課長にこれを聞かせると逆に盗聴を訴えられる可能性が高いな。得策じゃないとなるとやはり……」

大門は最後、独り言のような口調になったが、やがて顔を上げ真木を見据えた。

「このデータは預からせてもらえるか？　上と相談する」

「わかりました。架空取引については、本件はさほどの金額ではなかったので容易に発見できましたが、他に更に大口があると見込んでます。そちらを探るより前に、部内で目立った行動をしたのは失敗でした。申し訳ないです」

真木がここで深く頭を下げる。

「いや、小池経理課長が架空取引に関与しているのを突き止めただけでも上出来だよ。君はここで退場となるが、突破口を開いたのは間違いない。よくやった」

大門が笑顔で頷き、ねぎらいの言葉を口にする。真木は礼を言ったが、彼の表情は少し悔しそうだった。

「それじゃ、解散。それぞれ持ち場に戻って」

大門の声がけに皆立ち上がり、扉へと向かっていく。と、大門が開けるより前に扉が横にスライドし始めたため、皆、ぎょっとしてその場に立ち尽くしたのだが、外にいたのが三条と気づき、安堵の息を吐いた。

「どうした？」

「至急の呼び出しです。大門さん、携帯切ってました？」

「え？　ああ、しまった。通知を切ったままにしていた」

大門が珍しく慌てた様子となり、ポケットからスマートフォンを取り出し画面を見る。

「まいったな。ちょっと行ってくるよ」

そのまま足早に会議室を出ていった大門の後ろ姿を見るとはなしに見ていた僕の耳に、桐生が真木を慰める声が響く。

「気にするなって。最初から想定内だったんだと思うよ、俺は」

「ですかね。自分のポカじゃないかと反省しきりなんですが」

「ないない。しかしお前も大胆だな。盗聴器が見つかったら言い訳できないだろうに」

「課長の行動パターンを読んでのことだったのですが、危ない橋でしたね、確かに……」

それも反省です、とますます項垂れる真木を「しっかりしろって」と桐生がフォローしている。

自分にとっての真木は、なんでもできる完璧な先輩なのだが、より『先輩』の前では弱音を吐くのか。考えるまでもなく当たり前のことなのだが、それでもなんとなく驚いてしまっていた僕に、真木の視線が移る。

「こうして後悔しないように、行動には常に気をつけるんだぞ」

自嘲めいた笑みを浮かべ、真木が告げた言葉に僕は、なんと答えればいいのかわからず黙り込んだ。

「自虐かよ」

取りなしてくれようとしたのか、桐生が笑い飛ばし、真木の肩を抱いて会議室を出ていく。

後悔しないように行動に気をつけることと言われても、現状、自分が『後悔』するような行動を何一つ取れていない事実がまたも僕の目の前に突きつけられた気がして、思わず溜め息を漏らしそうになる。落ち込んでいる暇があったら、どうやったら情報を収集できるか考えるべきだと己を叱咤しつつも、どうしても落ち込みそうになるのを堪えることはできなかった。

終業後、寮に帰ったときも、未だに僕は沈んだ気持ちを抱えていた。気分転換にジムにでもいこうかなとロビー前を通りかかったとき、一人ぼうっとした様子で座っている法務部の同期に気づき、声をかけてみることにした。

「清永」

途端にはっとした顔になった清永が、僕を見て、なんだ、という表情を浮かべる。

「どうした？」

「……なんでもないよ。お前は？　ジムか？」

清永は明らかに無理をしているように見えた。悩みを抱えているのがわかりすぎるくらいにわかる。

「うん。ちょっと会社で落ち込むことがあって、気分転換しようと思ってさ」

先に自分のほうから悩んでいることを見せたら、相手も話しやすいのではないか。そう思い、敢えて落ち込んでいるとアピールしてみたのだが、清永は乗ってこなかった。

「……そうか。お前も大変だよな」

悩みを打ち明けることもなく、項垂れるようにしてそう言うと、ソファから立ち上がりロビーを出ていこうとする。声をかけようかと迷ったが、自分には話す気はないという態度の表れにしか思えず、後ろ髪を引かれる思いで僕もその場を立ち去りジムへと向かった。

「おぅ、お疲れ」

平日の夜、結構早い時間はいつもジムは空いているのだが、今日は珍しく同期が先にエアロバイクを漕いでいた。

「お疲れ」

「ロビーに清永いた？」

同じコーポレート部門内にあるリスク管理部に配属となった彼の名は、佐久間といった。確か大学は違ったものの清永と同じ体育会ラクロス部出身だった記憶がある。彼もまた総務三課に配属になった僕には同情的で、寮で顔を合わせるとよく「どう？」と声をかけてくれていた。

「いた。元気なさそうに見えたけど」

「だよな。俺も気になっちゃってさ」

彼の隣でエアロバイクを僕も漕ぎ始め、会話を続ける。

「日に日に元気がなくなっていく気がするんだよな。それを指摘すると今度は俺が避けられるようになっちゃって」

バイクを漕ぐ速度が二人して自然と緩やかになる。

「放っておいてほしいんだろうけど、心配なんだよな」

「そうだよな……」

ここで僕は佐久間に、清永とのやり取りの様子を伝えた。

「宗正にも言わないか。どうしたんだろうな」

「悩んでいるようにしか見えなかったしな……」

どうしたんだろう。考え込む僕に佐久間が情報を与えてくれる。

「清永の指導員の先輩が退職する噂があるんだよ。原因はメンタルで、今は会社を休んで実家に帰っているそうだ」

「メンタル?」

もしや、とピンときて、あっているかを確かめる。

「法務部長にパワハラを受けたのかな?」

「パワハラの噂、あるよな。法務は」

佐久間はそう言いはしたが、原因までは知らないようで「どうなんだろうな」と首を傾げていた。

「三ヶ月前にも若手が辞めてるそうだよ。六ヶ月前にもだって。もし部長のパワハラのせいだったとしたら放置されない気もするけど、どうだろうな」

「若手が二人も辞めてたんだ」

知らなかった。情報が早いなと感心していると、佐久間は同情的な視線を向けてきた。

「先輩たちに聞いたんだ。仕事だけじゃなく、社内の噂も色々教えてくれる。宗正のところの先輩は、桐生さんだっけ」

あの人では、仕事も噂も僕に伝えることはできないんじゃないかと言いたいのだろう。

そんなことはないのだけれど、それを主張することは桐生の希望に反するとわかるだけに、

「うん、いい人だよ」

と言うに留(とど)めることにした。

「……まあ、いい人でよかったよ。まだ……」

佐久間が複雑な表情になりつつも、そんなフォローをしてくれたあと「あ、そうだ」と何か思いついた顔になる。

「近々、コーポレートの同期で飲まないか？　清永も誘ってさ。そこでみんなで愚痴を言い合おうぜ。宗正の愚痴も聞くよ」

「ありがとう。楽しみにしてる」

同期の飲み会で仕事の話となると、総務三課の真の姿を喋(しゃべ)れないジレンマには陥りそうだが、清永の様子は気になる。

「早速、招集かけるよ。駄目な日ある？」

「特にないよ」

「それもまあ……よかったよ」

普通は仕事の状況や、プライベートの予定との兼ね合いを考えるんだろう。どちらも『特にない』ということにどうやら佐久間は同情してくれたようで、言葉を選んだ返しをすると、「それじゃ、俺はそろそろ上がるわ」とエアロバイクを降りた。

「日にち決まったらメールするよ」

「ありがとう。任せちゃって悪いな」

「いや、全然」

それじゃあな、と佐久間が笑顔でジムを出ていく。他の同期からも佐久間同様、同情が集まるだろうから、どういう対応をすれば不自然じゃないかシミュレーションをしておこうと、エアロバイクを漕ぎながら僕はずっとそれを考えていた。

いい感じに汗をかいたので、今日は大浴場で汗を流すことにした。部屋にシャワーはついているが、浴槽に浸かりたくなったのだ。

着替えを用意して大浴場に向かうと、洗い場に真木の姿を見出し、偶然同じタイミングでの入浴になったことが嬉しくなった。

「先輩、隣いいですか？」

「義人か。風呂で会うの、初めてだな」

笑顔で言葉を交わし、二人して髪と身体を洗ったあと、湯船に浸かる。

周りに人がいなかったこともあり、僕は、

「このあと、部屋に行っていいですか？」

とこそりと小声で囁いた。

「勿論」

相談ごとがあるとわかってくれたらしく、真木は笑顔で頷いたあと、他の人に聞かれてもいいような話題を話し始める。

「僕の同期の柏木という奴が、今、海外インフラ事業部にいるんだけど、義人と三人で飲みに行きたいと言ってきたよ。柏木のチームで今度、社内公募をするそうなんだ。新人はまだ手を挙げられないけど、二年目からは権利があるから参考にしたらいいって」

「ありがとうございます。是非」

同期だけでなく、社内の同情を集めているということを思い知り、なんとも申し訳ない気持ちになる。商社マンとしての仕事かはともかく、やり甲斐は物凄くあるので、どうか安心してくださいと、僕に同情を寄せてくれているであろう人々に対し、密かに心の中で両手を合わせた。

風呂から上がるとその足で僕は真木の部屋へと向かった。

「飲むか？」

部屋にある小型の冷蔵庫から真木が缶ビールを取り出し、僕に手渡してくれた。

「ご馳走になります」

「で？　どうした？」

早速用件を問うてきた真木に僕は、法務の清永が相当落ち込んでいるということから、法務部では若手が一人、メンタルを病んで会社に来ておらず、退職の噂があること、今までに若手が二名も辞めていると、他の同期から聞いたことを説明した。

「部長のパワハラが原因でしょうか」

「今、休んでいる若手は確かに以前、部長にターゲットにはされていた。が、今は他の若手にターゲットは移ってるはずだ」

「把握されてるんですね」

凄いなと感動していた僕に、真木が苦笑してみせる。

「この間、義人が法務部長のパワハラについて話題に出したと聞いたからだよ。現状どうなっているのか、気になってね」

「なるほど……あ」

ということは、もしや僕も、いや、僕こそが調べておくべきだったんじゃないかと気づき、青ざめる。言わずともそれが伝わったようで、真木は、

「まだ義人には情報収集のネットワークが構築されているとはいえないから、仕方がないよ」

とフォローとしか思えない言葉をかけてくれた。

「……すみません……」

「謝る必要はないよ。そもそも、入社してまだひと月しか経ってないんだから。しかし

清永君のことは気になるな。彼は部長のパワハラのターゲットじゃないんだよ。別の若手が今のターゲットだけど、たいして応えてないという噂だよ」

　ますますフォローめいたことを言ってくれながら、新たな情報を明かしてくれる。

「だとしたら彼は何を落ち込んでいるんでしょう？」

会社のことじゃないのか。プライベート関連だとしたら、総務三課の仕事とは無関係になる。その辺をきっちり確かめないとなと一人頷いた僕の耳に真木の、

「実は気になることがあって」

　という言葉が響き、我に返る。

「なんですか？」

「ちょっと待って」

真木は僕にそう言うと、鞄の中から会社のパソコンを取り出し、開いて操作し始めた。

「これ、組合が出してる新人名簿の過去の分。見たことあるかい？」

画面を見せてくれながら、真木が問い掛けてくる。

「いえ、初めて見ました」

組合のホームページにアクセスしたことはなかった。新人名簿については、研修中にアンケートが来ていて、適当に答えた記憶があるが、まだできあがっていないはずだ。

「今、休んでいる社員は彼なんだけど、見覚えないかい？」

言いながら真木が名簿の中の一人を選び、顔写真をカーソルで示す。

「あ」

写真を見た僕の脳裏に、ある日見た光景が蘇り、思わず声を漏らす。法務部の金子部長付と一緒に地下鉄の階段を降りていった若手社員じゃないだろうか。

金子が優しげな笑みを浮かべ、話しかけていたのは確かに彼だ、と真木を見る。

「知ってるんだね？」

「はい。昼休憩をずらして取ったとき、法務の金子部長付と一緒に外出しているところを見ました」

「やっぱり」

僕の答えを聞き、真木が呟く。

「やっぱりというのは？」

何を納得したのか。もしや今まで退職した若手も金子からフォローされていたのだろうか。しかし辞めてしまった。金子の優しさでは救えなかったと、そういうことなのか。

そんな答えを予想していた僕は、続く真木の言葉に仰天し、思わず大声を上げていた。

「金子部長付が退職の理由ではないかと思われるんだよ。彼のセクハラがね」

「セクハラですか!?」

今まで退職した若手というのは女性だったのか。今、休んでいるのは男だが。いや、待て。同性相手であってもセクハラはあり得ると、新人研修で受けたコンプライアンスの講義で聞いた記憶がある。

しかしあの金子が？　セクハラ？　彼と会話を交わしたのは一度しかなく、優しい言葉をかけてもらっただけだ。セクシャルハラスメントの加害者としての彼をどうにも想像できない。一体どういうセクハラを行っていたのかと、思わず身を乗り出し、真木に問いかけると、真木は「それが」と難しい顔になってしまった。

「部長のパワハラめいた言動に弱っているところに、金子がつけ込んでくるらしい。最初は親切心からとしか思えない対応なんだが、そのうちに本性を現す……という話なんだけど、被害者の口が堅くてね。どうも皆、金子に弱みを握られているようだよ」

「弱みというと……」

「口を塞いでいないといけないような何かなんだろう。何があろうと公にはしたくないと被害者たちが切実に思うような」

「……それは……」

セクハラを受け入れざるを得なくなる弱み——犯罪に絡んだこととか？　自分も罪に問われるとなると、公表はできまい。自分が純然たる被害者であることが証明できればどうだろう。しかし、と僕はここで、金子が『一族』の人間であることを思い出した。会社の創業者一族の金子と、若手社員。会社としても世間としても、金子の言うことを信用する可能性が高い。金子は部長のパワハラに傷ついた若手社員をフォローしようとした、それを若手が誤解した。世間はそう見ると被害者は思い込まされているのかも。

「既に退職した人間も、頑なに口を閉ざしているんだ。ようやく話を聞けたのが三年前に辞めた社員でね。それでも厳重に口止めされた。未だに金子を恐れていたよ。金子というか会社を、になるかな」

「ちょ、ちょっと待ってください。三年も前から金子はセクハラをしていたというんですか？」

しかもそれが放置されていたとは。酷すぎる、と腹の底から怒りが沸き起こってくる。

「更に前からかもしれない。管理職になってから目立つようになったというだけかもしれないんだ。被害者は十人をくだらないよ。もっといるかもしれない」

「そんな……あ！」

被害者の多さに呆然としてしまったが、そんな場合ではなかった、と僕はまた高い声を上げていた。

「今の被害者はもしかして、清永なんじゃないでしょうか」

だからこそ、彼は落ち込んでいるのではないか。そして理由を誰にも話そうとしないのは、悩んでいる内容が金子からのセクハラだからでは。

「その可能性は高い……と思う」

真木が僕に向かい頷いてみせる。

「明日にも大門さんたちに報告しよう。これ以上、『一族』の悪事をのさばらせておくわけにはいかない」

「はい。本当に」

まだ清永が金子のセクハラに遭っているかどうかはわからない。そもそも金子のセクハラ自体、確証を得られていないと思われる。しかし真木は金子のセクハラを確信しているようだ。そして僕も、と金子の顔を記憶から呼び起こす。

あのとき——今、休んでいるという若手と一緒にいたとき、金子は満面の笑みを浮かべていた。一方、若手社員は、と表情を思い起こすに、暗い顔をしていたような気がするのである。部長のパワハラに遭っているのは彼かな、という印象を持ったということは、明るい表情ではなく、思い悩んでいる様子だったからではないか。その『悩み』の原因が部長ではなく、隣にいる金子であったと、そういうことだったんじゃないのか。

部長のパワハラも勿論、褒められたものではない。パワハラめいた行為はやめさせるべきものではあるが、それを利用してセクハラをする、しかも相手の弱みを握り、退職したあとも告発もできずにいるほどに心に傷を与えたかもしれない金子への怒りを、僕は抑えることができずにいた。

絶対に突き止めてやる。そしてもう二度と、被害者を出させない。もし、清永が被害者になりつつあるのなら、必ず救ってみせる。

既に被害を受けていないといいのだが——いや、受けているからこそのあの落ち込みだろうか。だとしたら一日も早く救わねば。拳を握り締めていた僕と同じ気持ちを真木も抱いているのが、彼の怒りに燃えた眼差しからもわかる。

しかしどうやってセクハラを証明するのか。何かいい方法はあるのか。怒りは覚えるがいい考えはまったく浮かばない。大門や桐生たちとの会議でいい案がまとまるといい。自分も他力本願ばかりでなく、明日までに必死で頭を働かせよう。

よし、と頷く僕に真木もまた頷いてみせる。

「明日の会議までに僕が知り得たことをすべて共有するよ」

真木はその言葉どおり、今まで彼が被害者やその周辺から聞き込んだ情報を僕に教えてくれたのだが、一体どうやって集めたのかと驚くものも多く、この先真木のような働きができるようになるにはどんな努力をすればいいのかと、それについても考えさせられることとなったのだった。

7

翌朝八時に秘密会議室内で大門、桐生、真木と僕の四人は金子のセクハラについての情報を共有した。

さすがといおうか、大門と桐生は既に金子が同性に対してセクハラを行っている疑いがあることを知っていた。

「ただ、証拠がないんだよな」

桐生が残念そうな顔でそう告げる横で、大門が、更に、さすが、と感心させられるような情報を喋（しゃべ）り出す。

「金子が相手の弱みを握って行動を起こすことはまず、間違いないはずだ。全員同じというわけじゃないだろうけど、僕が聞いた話では、写真やビデオで脅されたというものだった」

「被害者から話を聞けたんですね」

真木が驚く横から桐生が「写真っていわゆる？」と問い掛ける。

「ああ。えげつない画像らしいよ。裸で縛られているとか、そういう感じの。しかも

『被害者』には見えない、自ら望んでやっている演出がなされているそうだ。公表されたら人生終わると、それで言いなりになっていたが、耐えきれずに退職したと」

「退職後も被害を受けていたりするんですか」

そんな写真やビデオを握られているのだとしたら、退職しても逃れられないのではないか。案じて問い掛けた僕に大門は、

「解放されたとは言っていたが、写真やビデオは複製できるだろう？　金子がまだ手元に持っているのではないかと、それを皆恐れて結局は口を閉ざしたままでいる」

憤りを感じさせる口調でそう答え、抑えた溜め息をついた。

「酷い話です」

真木も、そして桐生も、勿論僕も憤っている。

「僕に打ち明けてくれた人物も、訴えるなんてもってのほかだと青ざめていた。僕に喋ったことも後悔していて、絶対に人に話さないでほしい、あの写真の存在が他人に知られたり、世間に流出したらもう、死ぬしかないからと懇願された」

「そういう、気の弱い人間を狙うんでしょうね。絶対に訴えたりしないような」

それだけに許せない、と真木が告げるのを聞く僕の頭には、清永の顔が浮かんでいた。

「実は僕の同期が現在の被害者かもしれないんです。彼の指導員が前の被害者らしく、退職の噂があるそうです。今は休んでいると……」

「もしかしたら、金子が指導員にしていることに気づいたのかもしれないね。それで金

子が彼の口を塞ごうとしているのかも」

大門が告げたのは彼の推察だったが、僕にはそれが正解としか思えなかった。

「かなり思い詰めてるようなんです。仲のいい同期のことも避けていると……今度、コーポレートの同期で飲もう、そのとき愚痴を聞こうと、その同期と話してるんですが、来るかどうか……」

「会社を辞めるようなことになる前に、何か手を打たないとな」

真木もまた心配そうな顔で頷いてみせる。

「まだ彼が被害者であるという確証は得られていません……が、本人に確かめるのは難しいかと……」

今までの被害者は退職したあとも、誰にも打ち明けられずにいるという。なのにもし、感づいている人間が社内にいるとわかったら、清永はその時点で会社を辞めてしまうかもしれない。

どうしたらいいんだろう。皆、考えているようで、沈黙が流れる。

「そういや宗正君、前に金子に話しかけられたと言ってたよね？」

大門がふと思い出したように口を開く。

「はい。あのときはいい人だなと思ったんですよね」

配属に不満があるのなら、スピークアップすればいいと、親切に声をかけてくれた。まさか裏で卑劣な手を使い、セクハラを行っているなんて、まったく気づかなかった。

頷いた僕を大門がじっと見つめる。

「……あの？」

「いや……うーん、やはりハイリスクかな」

何か言いたいことがあるのだろうかと問い掛けた僕に対し、大門は奥歯に物が挟まったような感じのことを言い、首を横に振る。

なんだろう、とますます疑問を覚えたが、真木の発言で大門が何を考えているかをようやく察することができた。

「もしかして義人をおとりにしようとしてます？　大門さん」

「えっ？　おとり？　あ！」

『おとり』とは、と問おうとした次の瞬間には、意味がわかり思わず声を上げる。

「僕が次のターゲットになればいいんですね！」

「おとりにするなら、宗正君が適任だとは思いますけどね。俺のように悩まなそうなチャラいのは好みじゃないだろうし、真木はメンタル強そうだし。大門さんは若くないし」

桐生が真顔で言い出したのに、冗談として言っているのか、それとも本気なのかと、笑うのを躊躇（ためら）う。

「しかし金子がどんな手を使ってくるかがわからないだけに、リスクが高すぎるんじゃないですかね？　宗正君のテーソーが心配だ」

が、続く桐生の言葉は、口調はくだけていたものの、彼の表情から冗談でもなんでもなく本気だとわかり、思わず息を呑（の）む。

金子から性的な嫌がらせを実際受けてしまったら――？　そうした経験がないので今一つ想像できないのだが、清永の様子を鑑みるに相当耐えがたいものなのではないかと推察できる。だとしても金子のセクハラを暴くきっかけになるのなら、自分にできることはなんでもやりたい、と僕はきっぱりと言い放った。

「大丈夫です。やります」

「義人、ちゃんとわかってるか？　もう何人もそれが原因で会社を辞めているんだ。それほど耐えがたいことが起こるかもしれないんだぞ？」

僕の発言を軽く感じたのか、真木が真剣な目で僕を見据えながら、そう言葉をかけてくる。

「わかってます。でももし清永が……同期が金子の被害を受けているとしたら、一刻も早く救ってやりたいんです」

だが僕がそう言うと、真木はそれ以上は何も言わずに僕から目を逸（そ）らした。表情から逡巡（しゅんじゅん）が窺（うかが）える。優しい真木は僕を案じてくれているのだろう。実際危険なのかもしれない。が、だからといってやらないという選択肢はなかった。とはいえ、金子に気に入られるかはわからない。おとりになるには何をすればいいのだろうと、僕は大門に問いかけた。

「金子が僕に興味を持つようにするにはどうしたらいいでしょう。こちらから話しかけるにも、きっかけがないかなと」

「わざわざ他部署の君に声をかけてきた時点で、興味を持たれているとは思うんだよね」

大門はそう言いながらも、僕におとりをやらせるかどうかを迷っているように見えた。

「だといいんですが」

「よくはないと思うぜ」

桐生も未だ難しい顔をしていた。皆、僕を案じてくれているのが伝わってくる。だが大丈夫だ。根拠も何もないが、危険があることがわかって近づくのだから、自己防御も働くはずだ、と説得を試みることにする。

「充分気をつけます。無理は絶対しませんから。やらせてください。僕も役に立ちたいんです」

「焦る必要はないよ」

「そうそう。新人なんだから。三ヶ月は実習日誌だって書くでしょ」

大門と桐生は僕を思い留まらせようとしている。

「待っている間に清永が退職でもしてしまったら、後悔してもしきれなくなると思います。お願いします！」

やらせてください、と僕は三人に対し、深く頭を下げた。またも沈黙の時間が流れたが、それを破ったのは真木だった。

「本当に無理はするなよ？　僕たちの知らないところで金子と接触しないと約束できる

か？」

「できます」

　即答すると、桐生が横で「調子がいいな」と噴き出す。

「不安はある……が、我々が全方向から守ればいいと、そう思うことにするか」

　大門の表情は未だ硬い。自分に言い聞かせるようにしてそう言うと、改めて僕を見据え口を開いた。

「本来であれば、部下を危険な目に遭わせることがわかっているのだから、指示を出すべきではない。しかし宗正君の言うとおり、君の同期に対して金子のセクハラが現在進行形で行われているのであれば、彼を救ってもあげたい。やってくれるか？」

「はい。やります。充分注意しますので」

　任せてください、と言い切った僕に対し、大門は頷いてくれたが、やはり迷っているようには見えていた。

「作戦を立てよう」

　だが僕から視線を桐生と真木に移し、そう告げたときには吹っ切れたようだった。

「宗正君が自然に金子と接触するのはやはり、事務用品の補充のときがいいだろう。スケジューラーを見て金子が在席しているときを狙った上で、話しかけられるきっかけを探す」

「同期の清永君は金子の部下なんだよね。彼のことを相談するのはどうだろう？」

真木の提案に大門が頷く。

「不自然ではないな。金子は宗正君に対して、自分の好感度は高いと思っているだろうから」

「清永君が沈んでいるように見えるが、聞いても打ち明けてくれない、仕事で何かあったのか、上司の金子から見て、何か気づいたことはないか……そういうアプローチでいけば、金子が食いついてくる可能性は高いのでは」

「それでいきます！」

　真木が続けた言葉に僕は思わず手を挙げていた。彼は僕のおとり作戦には反対したが、やるとなったらこうしてすぐ作戦が立てられるのが本当に凄い。自分も経験を積めば、こうした切り替えの速さや適したアイデアをすぐに出せる能力を身につけることができるだろうか。できるように頑張るしかない。そのためにも今回のおとり作戦を絶対に成功させてやる。決意も新たに拳を握り締めていた僕の肩を、桐生がぽんと叩く。

「まずはリラックス、な。宗正君はすぐに顔に出るから」

「あ……気をつけます」

　部長の顔を覚えるのに必死になるあまり、各フロアで不審者扱いされていたことを思い出し、赤面する。それを見て大門や真木が笑ったことで、それまで空気が張り詰めていた場は一気に和やかになった。

「それじゃ、内容を詰めるぞ」

大門が明るく声をかけ、作戦会議が再開する。絶対に成功させよう。しかし空回りには気をつけて、と己に言い聞かせながら僕は、皆と共に金子を罠にかけるための綿密な計画作りに頭を絞ったのだった。

まずは釣り糸を垂らすべく、金子が席にいる時間を狙って法務部のフロアに事務用品を補充に行く。スケジューラーは、自分以外には公開された予定しか見えない仕様になっているのだが、ハッカーの素質があるという三条が金子のＩＤで社内システムにログインし、予定を確かめた。因みに会社のメールではセクハラに関連しそうなやり取りは誰とも行っていなかったという。彼女は今までの被害者の離職後についても追っていて、本名でやっているわけではないＳＮＳも突き止めていた。その中に自分の体験を吐き出している被害者がおり、大門はその情報をもとに本人とコンタクトを取ったのだそうだ。三条は金子の裏垢を探索中だが、未だ見つかっていないという。これだけ探して見つからないとなると、金子はＳＮＳをやっていないのかもしれないと残念そうな顔をしていた。

彼女は僕への演技指導も行ってくれた。愛想がまったくないので非常に厳しく感じはしたが、微に入り細に入り、詳しく指導してくれたのは本当に有難かった。

「演技と感じさせちゃ駄目なのよ。あなたは単純だから、自分は本当にそう考えているのだと思い込むのが一番早道だと思う。同期が本当に心配だ、誰かに相談したい。そうだ、優しそうな金子さんはどうだろう。今から心の中でそれを百回唱えなさい。自分の本当の感情だと思い込むために。百回っていうのは何度もっていう比喩じゃないわよ。本当に百回、唱えるのよ」

スパルタ指導のおかげで皆から『不自然ではない』というお墨付きをもらうことができ、緊張しつつも自信を胸に僕は法務部のフロアを目指した。

スケジューラーどおり、金子は席にいる。金子の近くの席の清永は相変わらず暗い表情をしていた。彼を案じる気持ちは本物だが、それを『優しい』金子に相談しようという気持ちも今や、自分のものとなっている。

自然に金子へと視線を送ることができたと気づいたのは、金子が顔を上げ、僕を見たときだった。目が合ったことで動揺しつつも、思い詰めたように彼を見続ける。因みに『動揺』は演技だが、やはり自分の感情のような錯覚を覚えていた。

金子が立ち上がり、僕へと向かってくる。清永は相変わらず顔を伏せたままだ。心ここにあらずといった感じなのかもしれない。

僕は、どうしよう、というような顔になっているはずだ。そんな僕に金子が話しかけてくる。

「どうした？　何か相談かな？」

「……す、すみません。あの……」

確かに相談したかった。だが勇気が出ずに見つめることしかできなかった。それに気づいてもらえた嬉しさが自然と胸に沸き起こる。いや、偽ものの感情ではあるのだが。近くを通る人のおかげで、切り出せずにいるという演技も自然にできた。人の目を気にしてみせる僕に金子が笑顔のまま話しかけてくる。

「昼食を一緒にとりながらでも、話を聞くよ。今日の昼はどう？」

「……ありがとうございます。すみません、なんだか……」

俯きつつ、こうも容易に罠にかかるとは、と僕は内心驚いていた。

「ご馳走するよ。少し前に出られるかい？」

「はい。大丈夫です」

「それなら十一時五十分に一階で」

「……ありがとうございます……！」

感激し、頭を下げる。彼が自席に戻っていくのを見送っていた僕の視界に、呆然とした表情を浮かべる清永の顔が飛び込んできた。が、目が合うと清永は顔を伏せてしまう。全身、強張っている様子の彼の心理はどんなものなのか。僕を案じてくれているのか、それとも自分の秘密が漏洩するのではないかと恐れているのか。どちらともとれるので敢えて接触を避け、事務用品の補充を続けた。

法務部のフロアを終えるとすぐに僕は地下三階に戻り、皆に金子から昼食に誘われたと報告した。

「さすがだねえ。初日から上手(うま)くいくとは」

大門は感心してみせたが、すぐに表情を引き締め、指示を与え始めた。

「油断はしないように。さすがに昼日中からおかしな行為はしないだろうが、用心に越したことはない」

「わかりました」

「これ、胸ポケットに挿していくといい」

桐生が万年筆を差し出してくる。

「キャップにカメラがついている。あと、ボイスレコーダーも用意するから」

「ありがとうございます」

なんだかスパイ映画のようだ、と、不謹慎と思いつつわくわくしてしまっていたが、皆に冷めた目で見られ、恥ずかしくなった。

「充分気をつけるように。あと、昼食のあとどこに誘われても乗らないように。会議があると言えばいい。スケジューラーにも入れておくんだ。いいかい？　深追いは駄目だ。焦りは禁物だよ。危険を避け、段階を経ることが成功への鍵(かぎ)だからね」

大門が言葉を重ね指示を出す。執拗(しつよう)といっていいほど、気をつけろと繰り返すのは、僕の身を案じてくれてのことだとわかるだけに、必ず言いつけは守る、と僕もまた何度も「わかりました」と頷いた。

時間より少し早く待ち合わせ場所に向かうと、既に金子は一階のロビーで僕を待っていた。

「すみません!」

慌てて駆け寄る僕に、優しげな笑みを向けてくる。

「早く出られたの?」

「はい、課長に金子さんから誘ってもらったと言ったら、待たせないように早く行けと言ってくれて」

これもまた、大門から指示された言葉だった。金子と昼食に行くということを上司や課員が知っていると知らせることで、牽制をかける。

「課長って大門さんだっけ。あの人も気を遣えるんだな」

金子は笑顔のままだったが、大門への評価の低さを当たり前のように口にしていた。

僕の相談を、配属先のことだと思ったのだろうか。それで打ち明けやすいように上司の悪口を言っているのか? と思いつつも、さすがに相槌は打てないと黙り込むと、

「さあ、行こうか」

と金子は相変わらず笑顔で僕の背を優しく押し、ビルの外へと向かった。

金子が僕を連れていったのは、隣のビルの高層階にあるイタリアンレストランだった。接待に使うような高い店なので、昼時なのにさほど混んではいないが、金子は予約をとってくれていたらしく、名前を言ってテーブルに通される。

「ランチのBでいいかな？」

高い方のランチを聞かれたので、僕は恐縮しつつ――これは演技ではなく本心からだった――「お任せします」と答え、日中から飲むわけにはいかないからと、金子が注文したガス入りのミネラルウォーターのグラスを二人して傾ける時間が流れた。

やがて料理が運ばれてきたので、食べ始める。

「相談って、配属のこと？」

早速切り出してきた金子に僕は、今まで何度も三条相手にシミュレーションを重ねてきた演技を実践し始めた。

「配属のこともあるんですが……」

「他のことだったんだ？」

金子が意外そうな顔になる。

「はい……あの……」

逡巡し、俯く。三秒固まったあと、意を決して顔を上げ、訴えかける。思い詰めたような顔で。

「同期の……金子さんの部下の、清永のことなんです」

「清永君の？」

金子はますます意外そうになった。が、彼の表情には少しも『しまった』というような感情は表れなかった。

「はい。寮が一緒なんですが、最近落ち込んでいるようで……相談に乗ると言っても何も喋ってくれないんです。僕だけじゃなく他の同期にも同じというので、心配してるんですが……」

「そうなんだ」

相槌を打つ金子の表情に変化はない。罪悪感を欠片ほども持っていないのだろう。

「もしかして、仕事上で何かあったのかと……あとは、彼の指導員が退職するそうで、それがショックなのかと同期内では話してるんですが、何か気づいたことはありませんか？」

頭の中で考えをまとめつつ話しているという体で、僕は必死で言葉を繋いでいった。

敢えて拙い感じにするのも、練習の成果だ。

「いや……確かに最近、元気がないなとは思っていたんだよ。山根君……彼の指導員が体調を崩した結果、今月末で退職することになったんだけど、うん、確かにそれもショックなんだろうね」

一方、金子のほうは立て板に水の如くという表現がぴったりなほど、すらすらと言葉を発していた。

「同期の間で話題になってるんだ？」

「はい。皆、心配しています。仕事で特に何があったということはないんでしょうか」

重ねて聞くと金子は少し考える素振りを——あくまでも『素振り』だった——したあ

と、首を横に振った。

「特にないと思う……が、本人に聞いてみるよ。一応、信頼関係は築けていると僕のほうでは思っているんだ。そうだ、今夜、彼を誘って飲みに行こう。君も一緒に来てくれるかな？」

「え？　僕もですか？」

スピーディな展開に戸惑い問い返すと、金子は「ああ」と頷き笑顔で言葉を続けた。

「君がこれだけ心配しているということを知れば、清永君も打ち明ける気になるかもしれない。二人で彼から話を聞こう。どうかな？」

「ありがとうございます。もう一人、同期を連れていってもいいでしょうか。リスク管理部の、清永とは僕より仲のいい男なんですが」

「もう一人か……うーん、あまり人数は多くないほうがいい気がするよ」

金子が承諾しないのはやはり、僕を罠にかけようとしているからか。あからさまだと呆れるが、前知識がまったくない状態だったら、そういうものかと思うかもしれない。

「三人がかりで話を聞くより、僕と君の二人で気持ちを尽くして向き合うほうが、清永君も心を開いてくれるんじゃないかな」

「そう……ですね。本当にそうだといいんですが……」

俯き、即答を避ける。今日の今夜では準備も整わないかもしれない。しかし金子は清永に話を聞くと言っていた。今夜もし自分が同席しなければ、清永が酷い目に遭わされ

はないの？」

「……もう少し……頑張ってみようかと……」

人事担当役員が動くとなれば相当大事だと思うのだが。矛盾しているぞと思いつつ僕は、この話を終わらせようとした。金子が本当に動いてくれるとは思えなかったが、万が一ということがあると案じたのだ。

「そうか。まあ、君の件は清永君のことが解決してから考えようか」

にこにこと微笑みながら、金子がそう告げるのを聞き、密かに安堵する。

「本当にありがとうございます。清永君も僕を頼ってくれるといいんだけどね」

「はは。ありがとう。清永君も僕を頼ってくれるといいんだけどね」

頼られないのは、セクハラをしている張本人だからだろう。席に戻ってから彼が清永に対し、何かしかけるのではないかと心配になる。今夜清永と三人で飲みに行くというが、清永にとっては苦痛でしかないのでは。事前に彼と話ができないか、試みてみよう。その前に総務三課の面々に相談しなければならないが。

一気に状況が動きつつあることに緊張が高まる。しかし今は金子の相手をすることに全神経を集中させよう。彼を頼りに思う新入社員という役柄を演じきらねばと自分に言い聞かせると、そのあとは金子の話に耳を傾け、ひたすら感心するという、彼から見て『可愛い新人』と思われるであろう態度をとり続けた。

一時に会議があるので、それまでに席に戻らねばと先に言っておいたため、十二時五十分には店を出ることができた。ある意味当然といおうか、食事代は僕の分も金子が出してくれた。

「す、すみません、ご馳走になってしまって」

ランチは二千円以上した。恐縮する僕に金子は鷹揚に笑ってみせた。

「気にしないで。それじゃ、また夜に」

「はい、ありがとうございます。よろしくお願いします」

元気よく返事をし、会社のエレベーターホールで別れる。気が急いていたので階段を駆け下り、総務三課に飛び込んだ。

「お疲れ」

「いやあ、展開早いね」

既に僕が隠し持っていたカメラやマイクから情報を得ていた大門と桐生が、僕の顔を見た途端、それぞれにそう声をかけてきた。

「どうしましょう……と言っても、承諾しちゃってるんですが」

「うーん、夜、しかも飲みとなると、ますますリスクは高くなるね」

大門が複雑な表情となる。

「三人でもやはり危険ですか？」

一応今日は、清永から話を聞くという目的で飲みに行くことになっている。清永にとってはつらい時間だろうがと案じつつ問い掛けた僕に対し、大門と桐生は、ほぼ同時に、

「多分、清永君は来ないよ」

「嘘だろ、あれは」

　と答えてきて、僕を驚かせた。

「来ない？　嘘？」

「ああ。おそらく君を誘う方便だ。清永君も来ると言えば、君は断らないと踏んだんだろう」

「昼も夜も誘うとか、たとえ好印象を持っていた相手でもちょっと引くもんね。金子としては、宗正君が何か気づいているのか、清永君が下手なことを喋っていないか、昼はそういったことを確かめるために誘ったんだろうけど、夜のほうは多分、セクハラ目的じゃないかなあ」

「セクハラ……」

　どういったことをされるのか。さすがに飲食店で淫らな行為をすることはないと思いたい。ぶるっと身体を震わせてしまった僕に対し、それまで黙ってパソコンの画面を見つめていた三条がぼそりと言葉を発する。

「多分、店で酒に何か薬を混ぜられるんだと思う。それで意識を失わせてホテルで……という流れじゃないかしら」

「世間に公表されたら困る写真を撮り、それをネタに……か」

「怖っ。でもそういうことなんだろうなあ」

大門と桐生が納得してみせたあと、想像し青ざめてしまっていた僕へと視線を向けてくる。

「もしもそうなった場合は、店の前で張っていれば、金子が宗正君を連れ出そうとしたところを押さえられるか」

「そうですね」

頷き合う二人の会話を聞くかぎり、と僕は自分の考えを告げることにした。

「でもそれだとセクハラの証拠にはならないですよね？」

「ホテルに連れ込まれた場合、救い出せなくなるからね、さすがに」

大門が溜め息を漏らしつつ首を横に振ったあとに、僕をキッと見据え口を開く。

「飲み会の席で、セクハラの証拠となるような発言を引き出せると一番いいね。身体を張るようなことはしなくていいから」

「そのための会話を考えようぜ」

桐生もまた頷くと、僕らはまた秘密会議室へと向かい、三人であれこれと案を出し合った。

清永が現れないとして、彼の指導員を含め、法務部の若手が立て続けに辞めていることに関して、同期内で噂になっていると話題を振り、部長のパワハラの有無について意見を聞く。セクハラという噂もあると言って反応を見る。

流れとしてはそれで決まったものの、僕へのセクハラの牽制にはなっても、金子がセクハラを行っているという証拠にはならないと僕らは頭を抱えてしまった。

「清永君から相談されたと言ってみるのはどうでしょうね」

「清永君に危害が及ぶ可能性が高いな、それだと」

桐生の意見を大門が否定する。それなら、と思いついたことを提示してみた。

「僕が意識を失った振りをしてホテルに連れ込まれ、何かされそうになったところで騒ぐというのはどうでしょう」

「そんな危ないこと、させられるわけがないだろう」

「却下だってさ」

即座に否定されるも、これというアイデアは浮かばない。

「待ち合わせは？」

「六時半にタクシー乗り場です」

時間はさほどない。どうするかと考えに考えた結果、僕はただ、身の安全の確保にのみ気をつけるようにということになった。

「マイクとカメラは常に身につけておくこと。スマホも忘れずに。万一の場合、位置情報を突き止める手立てになるから」

「変なことをされそうになったら、我慢する必要はないからな。逃げ出せよ？　間違ってもセクハラの証拠のためにある程度までは……なんて考えるんじゃないよ？」

大門と桐生は余程心配なのか、繰り返し繰り返し、無理はするなと僕を諭した。真木は『表の』経理の仕事が忙しく、顔を出せないとのことだったが、彼からも『無茶はしないように』と僕を案じるメールは来た。

三条からは催涙スプレーを渡された。スタンガンも渡すと言ってくれたのだが、不自然にポケットが膨らむため、持っていくのを断念した。

「自分の身を守れるのは自分だけだから」

気をつけて、と、普段、ほぼ私的な会話をしない彼女にまで言われると、本当に危険な場に行くのだという実感がひしひしと迫ってくる。

「ヤバそうだと思ったら、頻繁にトイレに立つといいよ。お腹壊してるって言えば、金子も萎えるだろう」

最後には桐生はそんな裏技？まで捻り出してくれ、緊張を高めつつも時間の五分前には待ち合わせ場所であるタクシー乗り場へと向かった。

今度は僕のほうが先に到着し、金子を待つ。と、会社のほうから清永が駆けてくるのが見え、結局彼は同席するのかと驚いた。大門も桐生も、そして三条も皆、『来ない』と踏んでいたからだ。

清永は全速力で僕へと駆け寄ってきた。

「お疲れ……？」

声をかけると、息を切らせながらも口を開こうとする。彼の表情は酷く強張っていた。これから一緒に飲みに行くという感じではない。一体どうした、と僕が問おうとしたと

き、清永が苦しげな顔で一言、

「行っちゃだめだ」

と声を漏らした。

「え？」

問い返したときには清永は、僕の前からまた全速力で駆け出していた。

唐突すぎてなにがなんだかわからず、呆然と立ち尽くしていたが、はっと我に返り思わず声を上げかける。だが既に清永の背は見えないほどに遠ざかっていた。それでもあとを追おうとしたところに、背後から声をかけられる。

「お待たせ。どうしたのかな？」

振り返った僕の目は、にこやかに微笑む金子の姿をとらえていた。その瞬間、清永の行動の意味に気づき、あ、と声を上げそうになるのを堪える。

「いえ、なんでも……」

「清永君も誘ったんだが、体調が悪いそうでね、またの機会にということで」

「……そうなんですね……残念です」

顔色は悪かったが、体調の悪い人間はあの速度で走れはしないだろう。

『行っちゃだめだ』

きっと彼は気づいたのだ。僕が金子に誘われていることに。それで勇気を奮い起こし、僕を止めにきてくれたんだろう。

もしも金子に気づかれたら、酷い目に遭わされるに違いないのに。胸が熱く滾るが、金子に気づかれてはならないと、顔を伏せ誤魔化した。

「清永君のことをゆっくり相談しよう。僕の行き付けの店を予約したんだ。和食は好き？」

「はい。好きです」

「ちょうどよかった。さあ、行こう」

金子は楽しそうだった。前に誰も並んでいなかったため、すぐにタクシーに乗り込むことができたのだが、運転手に行き先を告げるときもやたらと楽しそうにしていた。

「西荻窪。取り敢えず駅のほうに行ってもらえるかな。近くなったら道を説明するよ」

鼻歌でも歌いかねない様子の彼に違和感を覚えながらも、西荻窪という地名が意外で、つい、顔を見てしまう。

「知人がやっている、一日一組しか予約を受けない隠れ家風の店なんだ。味については保証するよ」

「一日一組！　よく、予約が取れましたね」

今日の今日、誘われたというのに、と素で驚いてしまい、しまった、と口を閉ざす。

「人気がないわけじゃないんだよ。運がよかったんだ。ちょうどキャンセルが入ったんだって」

金子は気を悪くするでもなく、にこにこ笑いながらそんなことを言ってくる。

「そ、そういう意味ではその……」

落ち着け、と自分に言い聞かせながら、気の弱そうなキャラクターを演じる。セクハラを受けやすくなるのではと思ってのキャラ作りだが、適度に、という注意は受けていた。金子がエスカレートする危険を避けるのと、大門曰く、従順すぎると食指が動かない可能性があるからということだったが、そっちの理由に関しては、理解するのは僕には少し難しかったので聞き流しておいた。

「気にしないで。そうだ、総務三課では飲みに行ったりはする？」

金子が話題を変える。

「あまりそういうことはないですね……」

「相談できる相手も、もしかしたらいないのかな？　桐生君はどう？」

「よくしてもらってます。優しいです。でも……」

このあたりで、仕事にはやはり不満があるというアピールをしたほうがいいかもしれない。つけ込む隙を与えるために、と俯いたままぽつりと言葉を足す。

「同期との差がどんどん開いていきそうなのはやはり……不安です」

「気持ちはわかるよ。君は営業に行きたかったんだよね」

「はい。貧しい国のインフラを整備するビジネスに携わりたいと思ってました」

「配属希望が通らないのはやっぱりおかしいよ」

タクシーの中で金子は、本当に親身になっている様子で僕の話を聞いてくれた。西荻窪までは三十分以上かかったが、金子についての疑惑を何も知らずにいたら、本当にいい人だ、そして頼りになる、ついていきたい、と願ってしまったに違いないというほど、彼との会話は心地よかった。

憤ってほしいところで憤り、感動を最適な言葉で表現し、気持ちを共有してくれる。聞き上手であり、求めている言葉をそのまま伝えてくれる話し上手でもある。被害者たちはこうして取り込まれていったのかもしれない。そう思いながら僕は、緊張を気づかれないように心がけつつ彼と会話を続けた。

タクシーがやっと目的地に到着する。住宅街にある一軒家には看板も何も出ていない。本当にここがレストランなのか。いくら『隠れ家風』といっても、店名くらいは表示してあるのではと、門から玄関まで歩く間に僕はきょろきょろしてしまったが、やはり個人宅としか思えなかった。玄関のインターホンを金子が押す。

『お待ちしてました』

名乗るより前に、インターホンから男の声がし、ぷつりと切れた。二十秒ほどしてドアが開き、一人の若い男が顔を出す。

「予約の金子です」

「お待ちしておりました」

どうぞ、と男が頭を下げ、こちらですと階段を上っていく。やはり民家にしか見えないなと内心首を傾げつつあとに続いていたのだが、導かれた先の座敷に足を踏み入れた途端、嫌な予感しかしない、と思わず身構えてしまった。

座敷のテーブルには確かに、食事の仕度がしてあった。気になるのは奥の襖だ。襖の向こうには布団が並べて敷いてあるのではないか。時代劇でよくあるパターンを想像してしまったが、テレビの見過ぎだろうか。

今までの被害者が、ホテルではなくここに連れ込まれたという可能性もある。心してかからねば、と緊張も新たに僕は金子に促されて席につき、彼と向かい合った。

「最初はビールでいいかな？」

笑顔の金子に問われ「はい」と頷くと、すぐに襖が開き、着物姿の綺麗な女性が部屋の外で頭を下げた。

「いらっしゃいませ」

「女将、取り敢えずビールを。料理のほうは任せるよ」

「かしこまりました。お連れ様は苦手な食材などございますか？」

女将に問われ、なんだか焦ってしまって、必要以上に激しく首を横に振りながら「いいえ」と答える。くす、と金子に笑われ、今のは演技ではなく素だったものの、御しやすいと気に入られたのではと密かに安堵した。

ビールと先付けはすぐに運ばれてきた。グラスを見た感じ、何も入っていない。ビールを注いでくれようとするのを、慌てて「僕が」と瓶を持つ金子に手を伸ばすと、

「いいから」

と笑顔で押し切られ、先に注がれてしまった。すぐに瓶を受け取り、金子のグラスも

満たす。

ラベルを上に向けて注ぐ、というような指導はもう流行らないんだよと、前に大門に聞いた気がするが、一応、ラベルは上にする。

「ありがとう。それじゃ、乾杯」

にっこり、とまたも金子に微笑まれ、グラスを掲げられる。僕も「乾杯」と唱和し、金子が飲むのを見届けてからビールに口をつけた。

「ここ、本当に隠れ家風だろう？　実は社長もたまに使ってるんだよ。というのも社長に紹介してもらったのさ」

「そうなんですね……！」

『社長』を連呼するのはやはり、断れない空気を醸し出そうとしているのか。わざとらしくならないことを心がけつつ、大仰に感心してみせると、金子はますます機嫌よく話し続けた。

「一日一組限定だから、社長と鉢合わせすることもない。ここは料理も美味しいんだよ。いい酒もそろってる。宗正君、日本酒は好き？」

「はい、好きです。あまり強くはありませんが……」

実際はそんなに弱いわけではない。強いほうだと思うが、弱い振りをしたほうが効果的だろうと嘘をつく。

「はは。酔い潰れたら横になるといいよ。何せ他に客はいないから」

金子の目が光った気がするが、あくまでも冗談という体で話しているので「そうですね」と僕も笑い、暫しどうということのない内容の話を続けた。

料理は確かに美味しかった。間もなく旬だという鱧の湯引き——『落とし』というのだそうだ——を女将が運んできたときに、金子が「そろそろ冷酒を頼もうかな」と彼女に声をかけ、すぐに酒入れとガラスのぐい飲みが二つ、運ばれてきた。

「京都の酒だ。美味しいよ」

さあ、とぐい飲みを手にとるよう促され、酒を注がれる。おかえしに、と酒を注ぎ返しながら僕は、そろそろ清永の話題を出してみることにした。

「あの、金子さん、清永のことなんですが……」

「確かに元気がないみたいだった。今日もすぐ帰っていったし。メンタルだけでなく、体調も悪そうだったよ」

金子は言葉どおり、本当に心配そうな顔をしていた。清永が彼より前に会社を出たのは、僕に注意を与えるためだ。恐ろしかったに違いないのに、僕を案じてくれたのだ。そんな彼を少しも早く救ってやりたい。それには、と大門たちとシミュレーションしたとおりに会話を続けていく。

「あの……パワハラを受けているということはないでしょうか。法務部長にパワハラの噂があると聞いたんですが」

「ああ……うん、部長は確かに口調がきつくはあるけれど、パワハラというほどではないかな……とはいえ、本人が『パワハラ』と感じているのだとしたら捨て置けないね。しかし、清永君はまだ新人だし、部長との接点はそこまでないんじゃないかな。きついことを言われている場面には居合わせたことがないな」

確かめてみるけれども、と金子が頷いてみせる。本当に確かめるとは思えないなと心の中で呟きつつ、彼の反応を見るための言葉を告げることにした。

「セクハラはどうでしょう」

「セクハラ？　部長が？」

金子が驚いたように目を見開く。

「部長かはわからないんですが、今まで法務部で辞めた若手社員が、セクハラに遭っていたという噂があると、寮で聞いて……」

「寮で噂になっているの？」

金子は相変わらず笑顔だった。が、少し目が泳いでいる気がする。それには気づかない振りをし、よくわからないという体を装って話を続ける。

「噂……というほどでは。パワハラとセクハラがごっちゃになっただけかもしれません。どちらにせよ、今度同期で清永を囲んで、話を聞いてみます。パワハラでもセクハラでも、もし本当に彼が被害者だとしたら、スピークアップをしたほうがいいと説得するつもりです」

「スピークアップか」

　金子が呟く。彼の口元が歪(ゆが)んでいるのはおそらく、清永はスピークアップなどしないだろうと踏んでいるのか、はたまたスピークアップをしたところで握り潰せるとでも思っているのか。それなら、と次の作戦に入ることにする。

「はい。もし本当にパワハラやセクハラを受けているなら、加害者を摘発してやりたいんです。清永のためでもありますし、彼以外の被害者を生まないためにも、ハラスメントは撲滅しなければと、同期皆で話してます。パワハラにしろセクハラにしろ、やっている人間は正当に罰せられるべきだと、皆、意気込んでます」

「それは会社にとって心強いことだよ。ハラスメントは撲滅させなければならないと、僕も常日頃から思っているよ」

　金子が笑顔で頷く。

「ですよね。皆で言ってるんです。パワハラもセクハラも、自分より立場が弱いとわかっている相手に対してなされるものだけに、そんなことするやつは人間のクズだって」

「人間のクズか。手厳しいね」

　金子が苦笑してみせる。こめかみのあたりに薄く血管が浮いているように見えるのを確認したあと、僕は敢(あ)えて大きく頷くと、同じ言葉を繰り返した。

「人間のクズです。セクハラは特に。加害者には被害者と同じ目に遭わせてやりたいです。そうすればいかに自分が酷(ひど)いことをしたか、理解できるでしょうから」

「……まあ、そうだよね」

金子が頷いたあと、「すみません」と少し声を張る。

「お待たせしました」

間もなく女将がやってきたが、彼女に対して金子は、

「そろそろ、いつもの持ってきてくれるかな？」

と意味深な言葉を告げた。

「あら。もう？」

女将は少し意外そうな顔をしたが、すぐ、「かしこまりました」と頭を下げ、襖を閉める。

「いつもの……ですか？」

嫌な予感しかしない。問い掛けると金子は、

「僕が特に好きな酒を用意してほしいって言ったんだよ」

と微笑んだが、彼の目は少しも笑っていなかった。いよいよか。緊張が高まるも、それを態度に出さないよう気を配る。

間もなく升の中に細いグラスを入れたものを女将が僕と金子の前に置き、グラスから升に零れるほどに日本酒を注いでから出ていった。

「これも京都の酒だ。飲んでごらん」

さあ、と金子が促してくる。

おそらくこの酒には何か薬が入っているのではないかと思われる。僕の意識を奪うつ

もりなのだろう。こんな一軒家風の店に連れてこられるとは、大門をはじめ、我々は誰も予想していなかった。店の外で見張り、もしも僕が意識を失った状態で運び出されようとしていたら、その時点で必ず救うが、自分の身に危険が迫っていると気づいた場合は即撤退せよと、大門からはきつく言われていた。

チャンスは今日だけではない、焦るなと命じられてはいたが、もし、僕が今セクハラに遭ったとしたら、まさに金子がセクハラ加害者である証拠を掴めるのではと、僕はそう考えていた。

今までの会話はすべて、大門たちのもとに届いている。僕のあとをつけてきてくれているはずだし、見失っていたとしても、スマートフォンの位置情報で居場所は突き止めてくれているに違いない。

罠にかかったふりをしてみよう。酒を飲んでみて、違和感を覚えたらあとは飲むふりをする。意識を完全に失ってしまっては何をされるかわからないし、逃げることも救いを求めることもできないから。

大門には怒られるだろうとわかってはいたが、やるしかない、と腹を括ると僕は酒に口をつけた。

苦い——気がする。それにグラスの底に白い粉末状のものが、溶けきらずに残っているのが見える。

「美味しいかい？」

金子が立ち上がり、テーブルを回り込んで僕の隣に座る。

「はい……少し、苦いような……」

「その苦みがね、癖になるんだよ」

言いながら金子が僕の肩を抱いてくる。

「さあ、もう一口、飲んでごらん」

升の中に入っていたグラスを持ち上げ、僕の口元に持ってくる。

「あ、あの」

「アルコールハラスメントと言うつもりかな？　とんでもない。君と楽しく飲みたいだけさ」

金子は相変わらずにこやかだった。だが僕の口にグラスを無理やり押しつける力は強かった。そのまま飲めといわんばかりにグラスを傾けてくる。

「……っ」

口の中に酒が流れ込む。飲み込むのは怖い、と吐き出そうとしたが、上手くできなかった。金子はグラスを放してくれず、結局中の酒を飲み干すことになってしまった。僕は酒が弱いと言っている。まさに『アルコールハラスメント』という状態じゃないのか、と金子へと視線を向けると、金子は空になったグラスをテーブルに置き、またもにっこりと笑いかけてきた。

「さっき、なんて言ったっけ？　セクハラをやるようなやつは人間のクズだっけ？」

「……はい……？」

即効性の薬なのだろうか。眩暈を覚え、金子の輪郭がぶれる。下を向くと目の前が回るようで目を閉じてしまったが、立ち上がった金子に掴まれた腕を強く引かれたのにはぎょっとし、なんとか目を開いた。

「聞き捨てならないな。人間のクズとは」

金子が乱暴に奥の襖を開く。当たってほしくない予感は当たり、そこには二組の布団がぴっちり並べて敷かれていた。

その布団の上まで引き摺られていく。逃れたくてもがこうとしても、身体に力が入らない。眩暈も酷くて目を開けていることもかなわない。

やはり怪しい酒を出された時点で、理由をつけて座を離れるべきだった。おとりとなることは覚悟していたが、実際、こうして身体の自由がきかない状態になってみると、恐怖心がどうしても先に立ってしまう。

こんな恐ろしい思いを清永もしたのだろうか。彼の苦しみ、つらさを思うとやりきれない気持ちになる。

「清永にもしたんですか！　こんなことを……！」

眩暈を堪え、金子に叫ぶ。

「セクハラ、したんですか！　清永だけじゃなく、辞めていった社員に」

「なんだ、君は僕をセクハラするような人間のクズと言いたいのかな？」

金子は今や、『優しい上司』の仮面を完全に脱ぎ捨てていた。ニヤニヤ笑いながら僕の身体の上に跨がり、ぺちぺちと頬を叩いてくる。

「だいたい、セクハラというのは受けた相手の意識次第なんだよ。清永君は『セクハラ』とは感じてない。だから訴えない。君もきっと訴えないよ。訴えたら君の人生、終わるしね」

「社長の従兄弟だからですか……っ。スピークアップなんて握り潰せると、そういうことですかっ」

眩暈はどんどん酷くなり、目を開けていられなくなってしまう。それでも気力を振り絞り、金子を睨むと、金子は、

「まあ、試してみるといいよ」

と笑い、馬乗りになったまま僕から上着を剝ぎ取ろうとした。

「やめろ……っ」

呂律も回らなくなっているし、身体に力も入らない。このまま金子の好きにされてしまうのかと絶望したそのとき、ドタドタと走る足音と、女将らしき女性の「困ります！」という声が響いた直後に勢いよく襖が開き、見覚えがありすぎるほどにある男が座敷に飛び込んできた。

「な……っ」

驚いた声を上げる金子を、僕の上から突き飛ばしたのはなんと、真木だった。

「おい、大丈夫か？」

「……………」

既に喋れるような状態じゃなかったため、首を横に振る。と、真木は、仕方ない、というように僕の腕を引いて立ち上がらせ、肩を貸してくれた。

「金子さん、彼、気分が悪いそうなんで連れて帰ります」

「君！　なんのつもりだっ」

金子は驚きから脱したのか、真木を怒鳴りつけている。きっと悪鬼のごとき顔をしているに違いないが、目を開いてそれを見る気力はなかった。

「そっくりそのまま、同じ言葉をお返しします。それじゃ」

真木は少しも臆することなく、淡々とそう言うと「行くぞ」と僕に声をかけ、歩き始めた。彼に支えられ、なんとか足を前に進める。

「すみませんね、お騒がせして」

真木が女将に声をかけたが、女将からの返事はなかった。そのまま一階に降り、家の外に出る。

「身の安全が一番だと、言われていただろう！」

真木は怒っているようだった。外気に触れ、少し眩暈が落ち着いてきたため、僕はなんとか目を開けると彼を見やり、

「すみません」

と改めて頭を下げた。と、僕らの横で車が停まり、後部シートのドアがスライドして開く。

「乗って」

運転席から声をかけてきたのは大門だった。助手席には桐生もいる。真木に押し込まれるようにして乗り込むと、ワンボックスカーはすぐに発車したのだが、やはり大門にも叱責されてしまった。

「どうして無茶をするかな。もしあの家に入れなかったらどうするつもりだったんだ？」

「……すみません」

ペットボトルの水を隣に座った真木に渡され、飲み干すうちに、次第に感覚が戻ってきた。

「すぐに踏み込めたからよかったものの、女将がドアを開けなかったらどうなっていたことか」

ハンドルを握りながら大門が怒り収まらぬといった様子で僕を叱責する。

「本当に申し訳ありません。少しくらいなら飲んでも大丈夫かと思ったんですが……」

まさか無理やり飲まされることになろうとは思わなかった。『人間のクズ』と言われて余程腹が立ったのだろうか。そう思いながらも頭を下げた僕の横から、真木が彼に話しかける。

「大門さん、金子はどう出ると思います？　僕が乱入したことをどう見るかも気になります」

「すぐに動いたほうがよさそうだ。このまま向かうことにしよう」

二人の会話の意味がわからない。しかし口を挟んではいけない雰囲気だったので、そのまま僕は黙っていた。

「もう一本、飲むといい」

と、真木がミネラルウォーターのペットボトルを差し出してくる。

「ありがとうございます」

礼を言って受け取ったが、その後は真木も大門も、そして桐生も一言も喋らなかった。相当怒っているのか。それとも他に理由があるのか。わからないながらも、まずはしゃっきりすることだと、少し無理をして水を飲む。

ようやく窓の外を見る余裕が生まれたが、既に外は真っ暗で、どこを走っているかもわからなかった。

車はどこに向かっているのか。『すぐに動いたほうがよさそうだ』というが、どう動くというのか。

先の読めない不安と、今更ながら危険を脱した安堵を胸に抱えながら僕は、無音となっている車内で居心地の悪さを感じつつ、目的地に到着するのをひたすら待っていた。

8

大門の運転するワンボックスカーの行き先は彼のマンションだった。地下駐車場に車を停め、エレベーターで部屋へと向かう。

『すぐに動く』というのは、これから打合せるという意味だったのだろうかと思いつつ、僕は三人のあとに続いた。

既に眩暈は収まり、身体も自由に動くようになっていた。少し気持ちが悪いが我慢できないほどではない。部屋に入ったら改めて謝罪をしようと決めていたが、大門の部屋では知らない人間が部屋の主の帰りを待っていた。

「やあ、お疲れ」

笑顔で声をかけてきた人物が誰か、僕にはわからなかった。年齢は五十代後半くらいか。ロマンスグレーという単語がぱっと頭に浮かぶ。いかにもエグゼクティブといった雰囲気の、長身の男だ。顔もいいし背も高く足も長い。

役員と部長の顔と名前は既に全員覚えているが、その中にはいなかったような。首を傾げていた僕に、男が笑顔で声をかけてくる。

「君が宗正君だね。期待の新人とは聞いているが、あまり無茶はしないように」

「す、すみません！」

事情を知っている様子だったので反射的に謝ってしまったが、一体誰なんだろう。しかし本人に聞く勇気はない、と頭を下げたまま固まっていると、傍にいた大門が、やれやれ、というように溜め息をつきつつ、男の正体を教えてくれた。

「社外取締役の朱雀さんだ。もしや『社外』とついているから、取締役でもチェックしていなかったのかな？」

「すみません……」

役員の顔は、会社のホームページに掲載されている写真で覚えた。『社外取締役』は三人いたが、三人とも顔写真が掲載されていなかったのと、『社外取締役』の意味がよくわからなかったので、そのままにしてしまったのだ。

聞いておくべきだったし、写真も探してみればよかった。本人を前に、誰だろうという態度をとってしまっていたことを猛省していた僕に対し、当の本人の朱雀がフォローをしてくれた。

「僕は貴社のホームページには写真は掲載されていないし、知らなくても無理はない。今日、顔を覚えてくれればそれでいいよ」

「本当に申し訳ありません」

恐縮し、深く頭を下げるのを、軽く流されてしまう。

「謝意は充分伝わったからもういいよ。それより状況を教えてくれるかな、大門君」

「はい。まずは法務部の金子部長付のセクハラについて。現在のターゲットが新入社員の清永君に移った可能性ありということで、同じ新人の宗正君に探りを入れさせたところ、気に入られたらしく会食に誘われた。ここまでは報告のとおりです。今日あったことに関しては、宗正君、君から詳細を説明してもらえるか？」

「は、はい！　わかりました」

社外取締役の朱雀の立ち位置はわからない。もしや彼が総務三課を作ったのだろうか。いわば黒幕？　『黒幕』だと悪役みたいか、とさまざまな思考が頭の中でクロスするのを気力で抑え込むと僕は、待ち合わせのタクシー乗り場に清永が来て『行っては駄目だ』と注意をしてくれたところから、金子に『社長に教えてもらった』と西荻窪の一軒家風の店に連れていかれたこと、そこで作戦どおり『セクハラするやつは人間のクズ』と金子を煽った結果、彼に薬を飲まされ襲われかけたところまでを、できるだけ簡潔に説明した。

「社長が本当に紹介したかはともかく、少なくとも女将はグルだったということだね」

朱雀は頷いたあと、いくつか質問をして寄越した。

「やり取りは録音してあるね？」

「はい。データとして残しています」

答えたのは真木で、いつになく緊張しているように見える。

「セクハラについては認めたのかな？　セクハラというより既に犯罪といえるような行為だが」

「ほぼ、認めています。ただ、『セクハラをした』と明言はしていませんが」

この回答は大門だった。そうだったかなと、金子とのやりとりを思い返していた僕に、直接朱雀が問うてくる。

「可能性としては低いが、もし金子のセクハラの証拠が求められた場合、今日のことを証言できるかな？」

「できます」

即答すると、朱雀は少し驚いたように目を見開いた。そんな仕草もいちいち格好いい、と思わず見惚れる。

「大丈夫かな？　世間から好奇の目で見られることになるかもしれないよ？　世間といっても会社の外では証言の必要はないけれども」

「大丈夫です。セクハラ被害者がもう出なくなることのほうが大事だと思うので……」

好奇の目か。あまり考えなかったのは、実質的な被害を受ける前だったからだと思う。他の被害者は耐えがたい写真や映像を撮られ、金子に脅されていたという。もしもそうした目に自分も遭っていたら、躊躇ってしまっていたに違いない。

なので朱雀に、

「君は善人だね」

と感心されても、素直には喜べなかった。

「心身共に被害を受ける前だったからだと思います」

「そういうところも善人だと思うけどね」

それを聞き、大門が苦笑しつつ僕の肩を叩く。

「データは僕が預かろう。そうだ、一応口裏を合わせておこう」

朱雀が僕を真っ直ぐに見据え、喋りだす。

「君は同期の清永君の様子がおかしいことを案じ、上司である金子に接触、セクハラ疑惑を抱き、証拠を握ろうとした。信頼する先輩の真木君に協力を仰ぎ、君の危険を察知した真木君が店から君を救い出した。それでいいね？」

「総務三課の主導で行われたというのは、現状、明らかにしたくないんだ。特に『一族』にはね」

大門が朱雀の説明を引き継ぎ、指示の理由を教えてくれる。

「諸悪の根源……は少々言い過ぎか。しかしこの会社が一族経営であることが、様々な不正がうやむやにされる主たる原因だからね」

朱雀が難しい顔でそう告げるのに、他の皆も頷いている。僕だけが今一つ理解できていないのが顔に出たのだろう。朱雀は更なる説明を与えてくれた。

「創業者一族は何があっても守られることが前提になっているからだよ。いい例が世間を騒がせた海外での贈賄事件だ。結局は担当部長が一人で泥を被らされることになった上に、それを苦に本人は自ら命を断った。それを反省するどころか、その上に胡座をかいて我が身の安泰を図る。本当に腐っていると憤りを覚えた。それで一年以上前から準備していた総務三課を、本格的に稼働させることにしたんだ。社内に蔓延る悪を撲滅すべくね」

「…………！」

やはり朱雀が発案者だったのか。思わず息を呑んだ僕に、大門が頷いてみせる。

「そもそも『社外取締役』は企業が株主の利益に反するような経営をしていないかを監視するための役職で、社内のしがらみとは無縁の有識者が取締役として招かれたものだ。当社の場合は、形だけのものだと社内でも世間でも思われているが、実際のところは違うということだよ」

大門の説明に、理解が深まる。朱雀は、そのとおり、というように頷くと笑顔で口を開いた。

「藤菱商事には実は若い頃に恩義があってね。僕にとっても大切な会社だ。それだけに正しい道に戻したいんだよ。胸を張って『日本を代表する総合商社』といえるクリーンな会社にね」

「そう……なんですね」

恩義というのは何か、聞きたかったが、その時間はなさそうだった。

「こちらがデータになります」

真木が朱雀に端末を差し出す。

「ありがとう。そうだ、明日は宗正君は休んだほうがいい。それから清永君も。清永君は今頃君の身を案じているんじゃないかと思う。連絡先はわかるかい？」

朱雀に問われ、寮に戻れば会えると伝えた。

「そうか。なら明日は出社を控えたほうがいいと必ず伝えてほしい。あまり追い詰めたくはないので、詳しい話はしなくていいが、理由を聞かれたら金子にかかわることで、巻き込まれる可能性があるからとは伝えてくれていい」

「わかりました。必ず伝えます」

彼の部屋を訪ねれば話くらいは聞いてくれるだろう。返事をした僕に朱雀は、

「頼んだよ」

と微笑み、頷いてみせた。

清永と話すのは早いほうがいいと、僕と真木は大門の家を辞して寮に戻ることになった。

「本当にありがとうございました」

乗ってきた車の運転席に真木が座り、助手席に座った僕は彼に深く頭を下げた。

「確かにこうも早いタイミングでセクハラの証拠を摑めたのはお前の頑張りがあったからだけど、『よくやった』とはやはり言えないよ」

真木の怒りは未だ収まっていないようだった。それが僕を案じてのことだとわかるだ

けに、ひたすら頭を下げる。

「本当に申し訳ありません。反省しています」

「我々はチームだから。皆で立てた計画を遂行することが成功に繋がる。勝手な行動からすべてが破綻することもあると、頭に叩き込んでおくようにね」

厳しい顔でそう告げたあとは、真木も普段の口調となった。

「清永君も勇気を振り絞ってくれたんだろうね。きっと義人の言葉には耳を傾けてくれるだろう」

「追い詰めないよう気をつけつつ、説得してみます」

「ああ、義人なら大丈夫だろう」

ようやく笑顔を向けてくれた真木に僕は礼を言ったあと、再度、「申し訳ありませんでした」と詫びたが、真木はそれを流してくれ、別の話を始めた。

「朱雀さんにこのタイミングで紹介できてよかった。義人も気になっていただろう？　大門さんがいつもどこに証拠を持っていくのかって」

「はい。社外取締役だったんですね。不勉強で申し訳なかったというか……」

顔も覚えていなかったし、と反省していると、真木がフォローしてくれた。

「多分、大門さんは敢えて教えなかったんだと思うよ。存在を明かすか否かは、朱雀さん本人の判断で行われるんだ。総務三課での働きぶりを見てね」

「そうだったんですね」

それならよく、自分は明かしてもらえたなと、戸惑いを覚える。まだ勉強することばかりで、少しも役に立っていないと思っていたが、認めてもらっていたということなのか。だとしたら嬉しい、と自然に頬が緩む。

「義人は頑張っていると思うよ。頑張りすぎるきらいがあるほどね」

真木にそう言われ、ますます微笑んでしまうが、『頑張りすぎる』は褒められているわけではないとすぐに気づいた。

「すみません」

「謝罪はもういいよ。二度と同じ過ちを犯さなければいい」

優しげではあるが、真木の言葉は重い。どんな仕事であっても、最初の失敗は許されるが二度目はないということなんだろうが、特に総務三課では『同じ失敗』は組織の存続にもかかわるものなのだと、改めて僕は思い知っていた。

社内の不正を摘発し終えるまで、総務三課は存在し続ける必要がある。そのためには気持ちを入れ替え、より一層注意深くならねば、と己に言い聞かせていた僕の心の声が聞こえたのか、真木が苦笑したあと、言葉を選ぶようにして話し出す。

「きつく言いすぎたね。でもそれだけ心配したんだ。本当に……本当に無事でよかったよ」

「……すみません」

しみじみと、本当にしみじみと言われたことで、真木の安堵の大きさを知らされる。

それだけに申し訳なさも募り頭を下げた僕に向かい真木は、

「反省はちゃんと伝わっているからもう謝らなくていいよ」

と微笑み、一段と明るい口調で言葉を続けた。

「朱雀さんにも認められたことだし、これから一緒に頑張っていこう」

「はい！　よろしくお願いします！」

我ながら、やたらと声が大きくなってしまったが、やる気の表れと思ってもらえたようで真木は笑っていた。まだまだ一人前にはほど遠いが、尊敬する真木と、そして大門、桐生、それに三条と共に、会社を正しい姿に戻していきたい。心からそう願う僕の心の声は、またも正しく真木には拾われたらしい。

「道は遠いがやり甲斐はある。頑張ろうな」

そう言ってくれた彼に僕は再度「はい！」と元気すぎる声で答え、またも彼に苦笑されてしまったのだった。


翌日、僕と清永は寮で待機していた。

前夜に清永の部屋を訪ねたとき、開口一番、彼は、

「ごめん……っ」

と涙声で告げたあと、絶句してしまった。そんな彼を僕は、詳しいことは明日話すから有休をとって寮にいてほしい、出社すると君の身に害が及ぶかもしれないから、と説得し、今日はこうして僕の部屋に来てもらったのだった。

清永には、総務三課の計略だった部分は勿論明かさなかったものの、金子との間であったことはほぼ事実をそのまま伝えた。清永の様子がおかしいことを気にしていたら、金子のほうから声をかけられ、食事に誘われた。直前に清永が『行っちゃだめだ』と言いにきたことが気になったので、真木に相談したところ、心配した彼が密かについてきてくれたこと、ここから先は少し嘘をつき、様子を知ろうとして真木が電話を入れたときにちょうど僕は金子に襲われていて、助けを求めたので真木が踏み込んでくれたという流れにした。あくまでも最初から計画的だったと気づかれないようにという配慮のためだ。

清永は青ざめたまま僕の話を聞いていた。が、僕が、

「清永のおかげで助かった。ありがとう」

と礼を言うと、泣き出してしまった。

「礼なんて言われる資格はないんだ。お前に危険が迫ってるとわかってたのに、説明することもできず、言い捨てて逃げてしまった。本当に……本当に無事でよかった」

泣きじゃくる彼を宥め、話を聞く。泣いてすっきりしたのか、または、金子の正体を僕も知ったという安心感からか、問うより前に清永はポツポツと彼の身に起こったこと

を話してくれた。

だいたい大門らが推察したとおりだったが、改めて被害者本人の口から聞く話は本当に痛ましいものだった。

清永が金子のセクハラに遭うようになったきっかけは、指導員が金子からセクハラを受けている現場を偶然見てしまったことだった。書類保管庫に資料を取りにいったところ、そこで金子に性的な奉仕をしていた指導員の姿を目撃してしまったのである。指導員は背を向けていたので気づかなかったが、金子は気づいており、その日のうちに清永は、事情を説明するからと金子にあの西荻窪の一軒家に連れていかれた。

指導員は自分に恋愛感情を抱いていて、それを悩んでいた。あれは彼を救済するための行為なんだよという説明には違和感を覚えたものの、嘘だと否定する材料もないので聞いていたが、僕のとき同様、酒に薬を仕込まれ、意識を取り戻したときには裸に剝かれた上で恥ずかしい写真を撮られていた。他人に喋ればこの写真をインターネット上に晒す、スピークアップをするというのならすればいい。自分は社長の従兄弟だ。会社はどちらの言うことを信用すると思うか？　それでも声をあげるというのなら、お前だけじゃなく指導員の恥ずかしい映像もネットに晒してやる。今、相当参っているからそれが原因で自殺するかもしれないな——そう脅され、金子の言うことを聞くしかなくなった、と項垂れる清永に、僕はかけるべき言葉を持たなかった。

「真木さんから任せてほしいと言われてるんだ。僕も初めて知ったんだけど、金子には昔からセクハラの噂があったそうだ。僕が実際、セクハラをされかけたところを目撃したと、人事に話すと言ってた」

「……握り潰されるんじゃないかな……」

ぽつりと清永が零す。表情が暗いのは、金子が自分の写真をネットに流出させるのではと案じているからだろう。

「大丈夫。真木さんは信頼できる先輩だから。それに金子のやっていることはもう犯罪だよ。写真はその証拠になるから、逮捕される可能性ありとわかれば消去すると思うよ」

これも真木の受け売りだった。実際のところはともかく、まずは清永を安心させることが大切だと、昨日僕らは遅くまで想定問答を繰り返していたのだった。

清永は、さすがに安堵まではできないようだったが、落ち着きは取り戻してくれた。そんな彼の顔に笑みが戻ったのは、夕方、真木から入った電話の内容を彼に伝えたときだった。

『金子はしばらくの間、謹慎になったから。明日から安心して出社するよう清永君に伝えてもらえるかな』

金子のセクハラは、『一族』だからといって握り潰されはしなかった。個人の非行ということと、縁戚といっても『如月』姓ではないし、庇う価値なしと思われたのではないかとあとから大門が教えてくれたのだが、そのことはさておき、謹慎期間中に調査を行い処分を下すことが決定したとのことで、おそらくそれを待たずに金子は辞表を提出するのではと真木は電話で教えてくれた。

『内容が内容だけに、金子のセクハラについては緘口令が敷かれ、社内でも人事のごく一部の人間のみにしか情報は開示されないから。そこも安心してくれていいと、清永君には伝えてもらえるかな』

「ありがとうございます。伝えます！」

真木からの電話を切ると僕は清永に内容を伝え、ようやく笑顔の戻った彼と共に、金子に処分がくだったことを喜び合った。

それでも少し心配だったので夕食を共に食堂でとったあと、僕は清永を部屋まで送っていった。

「本当にありがとう。俺のせいで宗正を危ない目に遭わせてしまって、本当に申し訳なかった」

別れ際に、清永は何度も僕に謝り、礼を言った。謝る必要はない、本当によかった、と彼の謝罪を退けながら僕は、真実を話せないことに対して一抹の罪悪感を覚えていた。

自分の部屋に戻ると、真木が僕を待っていた。詳細を説明してくれるという。

「すみません、清永を送ってきました」

「清永君、大丈夫だった？」

清永を案じていた真木は、随分と落ち着いたようだったと僕から聞き、安心していた。

「金子は大人しく認めたんですか？」

録音データはあったが、言い逃れようとすればできる会話の内容だったのではと、実は僕も真木も案じていたのだった。

「その辺は朱雀さんの手腕でね」

真木が感心している様子で話してくれた内容は、さすがとしかいいようのないものだった。

金子のセクハラを受け退職したと思われる被害者のリストを、朱雀は社長に提出した上で、中の一人がSNSで被害について明かしかけていることも伝えた。金子の手口は犯罪といってもいいもので、公表されるようなことがあれば金子自身の社会的地位も危うくなる。『一族』の中からこのような犯罪者が出ることは恥になるのではないかと、朱雀は社長を焚きつけたのだそうだ。

金子がしていたのがセクハラというより、ほぼ犯罪行為であったことが、社長が彼を切り捨てる理由にもなった。しかも金子が社長の従兄弟であることを脅し文句に使っていることがそのまま録音データに残っていたので、より不快感が増したのではないかと、朱雀は笑っていたという。

「よかったです、本当に……」

「そうだね。あとは金子の脅迫の材料を全て消滅させれば、皆、安心できるね」

真木の顔にも達成感がある。会社の『悪』を一つ摘み取ることができた。金子の被害を受ける社員がいなくなったのが嬉しい、と自然と僕も笑顔になっていた。

「ねえ、義人」

と、真木がふと思いついたような表情となり、僕に声をかけてくる。

「はい？」

「僕が推薦したことで、義人は総務三課配属になったわけだけど、当然商社でやりたかった仕事にも就きたいよね」

「はい、それは……」

インフラが整備されていない地域の人々の暮らしに役立つ仕事がしたいという夢は変わっていない。そのためのスキルを磨きたいという希望は当然ある。それでも、と僕は今自分の中にある思いを伝えようと真木を見据えた。真木もまた僕をまっすぐに見返してくる。

「でも今はまず、総務三課で会社の不正を正す仕事を頑張りたいです。清永のように理不尽な目に遭わされている社員がいたら救いたいですし、架空取引のような犯罪行為も摘発したい。藤菱商事は本当に素晴らしい会社だと、堂々と胸を張れるようにしたいです」

「うん、僕もまったく同じ気持ちだ」

真木が嬉しそうな顔で頷き、右手を差し出してくる。

「一緒に頑張ろう。誰にも恥じるところのない立派な会社を目指して」

「はい！」

志を同じくする人間が心から尊敬できる真木であることが嬉しい。大門や桐生、それに三条という素晴らしい仲間と、頼り甲斐のある朱雀取締役のもと、会社の浄化を目指すぞと決意も新たに、僕は真木の手をしっかりと握り締めたのだった。

似たもの同士

「そういえば懐かしい写真が出てきたんだよ」

そう言い、真木が僕にインスタントカメラで撮った小さな写真を差し出してくる。

「チェキですか？」

なんだろう、と受け取った瞬間、目に飛び込んできた恥ずかしすぎる画像に、僕は思わず「わっ」と声を上げてしまった。

「なになに？」

「どうした？」

おかげで桐生や大門の興味を惹いてしまったことを心から悔やみつつ、「なんでもありません」と誤魔化そうとするも、伸びてきた桐生の手に、ひょい、と写真を取り上げられてしまう。

「返してください！」

慌ててそれを奪い返したが既に見られてしまったあとで、二人はにやにや笑いながら揶揄してきた。

「可愛いじゃない。メイド服」

「ノリノリな様子だけど、もしかしてバイト？　それとも趣味？」

「違います。学祭です！」

真木が『懐かしい』と持ってきたのは、僕が大学一年の学祭で、『メイド&執事喫茶』をサークルが出店した、そのときの写真だった。新人は男女問わずくじを引かされ、秋葉原で買ってきたメイド服か執事服、どちらかを着用して接客するのだが、くじ運がなさすぎる僕は二日間、午前午後という四回のくじ引きですべてメイド服を引き当ててしまったのだ。

さすがに四回目は、引きがよすぎると先輩たちに爆笑された上で、せっかくだからとノリノリになった彼女たちに、きっとメイド服は運命の服なんだとわけのわからないことを言われてウイッグまで被らされ、化粧もされた。そのときの姿が写っている写真なのだった。

接客しているときに、希望するお客さんとチェキを撮るというサービスもやっていた。最後、フィルムが余ったのでサークル内でも撮ったのだが、真木とも撮っていたのか、と奪い返した写真を改めて眺める。

学生時代の真木は、今より少し髪が長いが、あまり変化はない。楽しそうに笑いながら、やはり何が楽しいのか満面の笑みを浮かべているメイド服姿の僕の肩を抱いている。確かこのときは模擬店が終わったあとで、接客に疲れ果てていたはずなのに、と、自分の弾けた笑顔を見て首を傾げた僕の耳に、真木の明るい声が響く。

「実家で机を整理していたら出てきたんだ。学祭で義人はよくやっていたなと懐かしく思い出してね」

それで持ってきたんだ、と言われ、彼を見る。

「よくやって……ましたかね？」

忙しかったことは覚えている。確かに頑張ってもいたが『よくやれて』いたかは自信がない。結構オーダーを間違えた気もするし、休憩、とこっそりサボったりもしたような。そのときの後ろめたさを思い出していた僕に、横から桐生が話しかけてくる。

「楽しそうではあるよな。メイド服着て」

「……楽しくはなかったですよ」

写真の自分は確かに楽しそうだが、その理由を僕は思い出していた。確か真木が今のように『よくやった』と褒めてくれたのが嬉しかったからだ。正直なところ、メイド服を着るのは恥ずかしかった。当日もそれに終わったあとも、結構揶揄われたのだから、と口を尖らせた僕の言葉に被せるように、真木が話し出す。

「メイドか執事か、くじ引きで決めるんですけど、義人、念願の執事を引いたときにメイドになった友達と代わってあげたんだよな」

「え？　あ！」

言われてようやく思い出した。そうだ。三回目のくじ引きでようやく執事になれたのに、メイドを引いた友達がやりたくないとごね出したので、代わってあげたのだった。

「なんでまた？」

「確か、どうしても嫌だと言う奴がいて……」

くじで決まったことなんだから、と先輩や、そして同級生も彼を咎めたが、絶対に嫌だとあくまでもメイド服を着ることを拒否された。俺だって嫌だと、メイドに決まった他の同級生も言い出し、収拾がつかなくなったので、僕が代わると手を挙げたのだ。もう二回もメイド服を着ていたし、そこまで嫌がるのにはそれなりの理由があるんだろうと思ったこともあった。普段その同級生はそんなに我儘な男ではなかったし、前の日はちゃんとメイド服を着ていたからだ。

あとで本人から聞いたが、その日田舎から出てくることになっていた両親の目を気にしたということだった。相当厳格な父親とのことで、自分がメイド服を着ている姿を見たら、その場で叱り飛ばされただろう、手も出たかもしれない。それが怖くもあったが、何よりそんな前時代的な父親がいることを皆に知られたくなかった。本当にありがとう、そしてごめん、と頭を下げた同級生は、その後、父親が倒れたのをきっかけに地元に戻り、大学を辞めてしまった。そういや元気だろうかと懐かしく彼を思い出す。

「くじで決まったのに、我が儘な奴もいたんだな」

桐生が呆れてみせるのに、つい、言い返してしまう。

「事情があったんですよ。そいつなりに」

「本当にね、義人は昔からいい奴なんですよ」

と、横から真木がそう言い、僕に笑いかけてきた。

「困っている人間を放っておけないというか、常に相手の気持ちに寄り添えるというか。

自分だってメイド服は恥ずかしかったと思うのに、どうしてもいやだと言う奴がいたら代わってあげるしね。それに」

と、僕の手から写真を受け取り、懐かしそうに微笑みながら真木が言葉を続ける。

「お客さんからチェキを撮るのを頼まれたときも、笑顔全開で撮るんですよ。一緒に撮る人にとって楽しい思い出になるようにって。それを見ていたから褒めたのに、あのときの返しも今日と同じだったな」

「そうでしたっけ？」

当時は褒められたのも嬉しかったが、真木が僕のことをちゃんと見ていてくれたことも嬉しかったのだった。その嬉しさは覚えているが、なんと返したかまでは覚えていなかった。

「なるほど。確かに『いい子』だな」

「そりゃウチにスカウトもするわな」

大門と桐生が感心してみせたあとに、二人して顔を見合わせ頷き合う。

「真木もよく見てるよな、後輩を」

「気づいてやってるところが偉い」

そして今度は真木を褒め始めたので、嬉しくなって僕もつい、声を弾ませてしまった。

「そうなんです。ちゃんと見ていてくれるんですよ！」

自分の頑張りを見ている人がいることが本当に嬉しかった。笑顔でチェキを撮る、その理由にも気づいてもらえていたことも嬉しかった。

「褒めすぎですよ、それは」

真木が大門と桐生からの賞賛に照れる姿は、僕の目には新鮮に映った。真木にとって二人は目上の人だ。真木も先輩にはこんなリアクションを取るんだなと、彼の新しい一面を見られるのもまた嬉しい、と自然に顔が笑ってしまう。

「結構似てるよね、君たちは」

「二人とも『いい奴』ってことは間違いないよな」

大門と桐生の言葉を聞き、思わず真木と顔を見合わせる。真木と『似ている』と言われるのは嬉しい。でも——。

「先輩はいい人ですけど、僕は……」

「義人は確かにいい奴ですが、僕は……」

直後に二人の口から出た言葉がほぼ同じで、やはり似てる、と大門と桐生に笑われながらも、尊敬する先輩に少しでも近づけるようこれからも頑張るぞと決意も新たに、優しく微笑みかけてくれた彼に僕も笑い返したのだった。

本書は書き下ろしです。
この作品はフィクションです。実在の人物、団体等とは一切関係ありません。

先輩と僕

総務部社内公安課

愁堂れな

令和4年 7月25日　初版発行
令和5年 11月15日　3版発行

発行者●山下直久

発行●株式会社KADOKAWA
〒102-8177　東京都千代田区富士見2-13-3
電話　0570-002-301(ナビダイヤル)

角川文庫 23261

印刷所●株式会社KADOKAWA
製本所●株式会社KADOKAWA

表紙画●和田三造

ISBN 978-4-04-112646-2　C0193

◆◇◇

角川文庫発刊に際して

角川源義

第二次世界大戦の敗北は、軍事力の敗北であった以上に、私たちの若い文化力の敗退であった。私たちの文化が戦争に対して如何に無力であり、単なるあだ花に過ぎなかったかを、私たちは身を以て体験し痛感した。西洋近代文化の摂取にとって、明治以後八十年の歳月は決して短かすぎたとは言えない。にもかかわらず、近代文化の伝統を確立し、自由な批判と柔軟な良識に富む文化層として自らを形成することに私たちは失敗して来た。そしてこれは、各層への文化の普及滲透を任務とする出版人の責任でもあった。

一九四五年以来、私たちは再び振出しに戻り、第一歩から踏み出すことを余儀なくされた。これは大きな不幸ではあるが、反面、これまでの混沌・未熟・歪曲の中にあった我が国の文化に秩序と確たる基礎を齎らすためには絶好の機会でもある。角川書店は、このような祖国の文化的危機にあたり、微力をも顧みず再建の礎石たるべき抱負と決意とをもって出発したが、ここに創立以来の念願を果すべく角川文庫を発刊する。これまで刊行されたあらゆる全集叢書文庫類の長所と短所とを検討し、古今東西の不朽の典籍を、良心的編集のもとに、廉価に、そして書架にふさわしい美本として、多くのひとびとに提供しようとする。しかし私たちは徒らに百科全書的な知識のジレッタントを作ることを目的とせず、あくまで祖国の文化に秩序と再建への道を示し、この文庫を角川書店の栄ある事業として、今後永久に継続発展せしめ、学芸と教養との殿堂として大成せんことを期したい。多くの読書子の愛情ある忠言と支持とによって、この希望と抱負とを完遂せしめられんことを願う。

一九四九年五月三日

夏の塩

魚住くんシリーズ Ⅰ

榎田ユウリ

あの夏、恋を知った。恋愛小説の進化系

普通のサラリーマン、久留米充の頭痛の種は、同居中の友人・魚住真澄だ。誰もが羨む美貌で、男女問わず虜にしてしまう男だが、生活力は皆無。久留米にとっては、ただの迷惑な居候である。けれど、狭くて暑いアパートの一室で顔を合わせているうち、どうも調子が狂いだし……。不幸な生い立ちを背負い、けれど飄々と生きている。そんな魚住真澄に起きる小さな奇跡。生と死、喪失と再生、そして恋を描いた青春群像劇、第一巻。

角川文庫のキャラクター文芸

ISBN 978-4-04-101771-5

准教授・高槻彰良の推察
民俗学かく語りき

澤村御影

事件を解決するのは"民俗学"!?

嘘を聞き分ける耳を持ち、それゆえ孤独になってしまった大学生・深町尚哉。幼い頃に迷い込んだ不思議な祭りについて書いたレポートがきっかけで、怪事件を収集する民俗学の准教授・高槻に気に入られ、助手をする事に。幽霊物件や呪いの藁人形を嬉々として調査する高槻もまた、過去に奇怪な体験をしていた——。「真実を、知りたいとは思わない?」凸凹コンビが怪異や都市伝説の謎を『解釈』する軽快な民俗学ミステリ、開講!

ISBN 978-4-04-107532-6

しずく石町の法律家は狼と眠る

菅野　彰

弟を人間に戻すため、気付けば1200年!

東京都23区の片隅、しずく石町。この町で法律事務所を営む空良（そら）は、白い犬のふりをした狼と暮らしている。風火（ふうか）という名のその狼は、実は空良の弟で、２人きりの時だけ人間に戻れる。そんな不思議な兄弟に厄介な同居人が！敏腕弁護士の田村麻呂（たむらまろ）だ。スーツを着こなす美丈夫の彼は、空良の検察時代の宿敵、いやもっと前、田村麻呂が征夷大将軍だった頃からの因縁の相手で……。1200年を生きる宿命的な３人の、前人未読の法律相談事件録！

ISBN 978-4-04-111778-1

妖魔と下僕の契約条件 1

槙野道流

絶望から始まる、君との新しい人生。

その日、足達正路は世界で一番不幸だった。大学受験に失敗し二浪が確定。バイト先からは実質的にクビを宣告された。さらにひき逃げに遭い瀕死の重傷。しかし死を覚悟したとき、恐ろしいほど美形の男が現れて言った。「俺の下僕になれ」と。自分のために働き「餌」となれば生かしてやると。合意した正路は生還を果たすが、契約の相手で、人間として骨董店を営む「妖魔」の司野と暮らすことになり……。ドキドキ満載の傑作ファンタジー。

角川文庫のキャラクター文芸

ISBN 978-4-04-111055-3